Remix

Konno Bin

リミックス

神奈川県警少年捜査課

今野敏

小学館

主な登場人物

高尾《たかお》　勇《いさむ》　神奈川県警生活安全部少年捜査課。巡査部長。「仕置き人」の異名を持つ。

丸木正太《まるきしょうた》　神奈川県警生活安全部少年捜査課。巡査長。高尾とコンビを組む。

江守俊和《えもりとしかず》　川崎署刑事課強行犯係。巡査部長。

細田隆次《ほそだりゅうじ》　川崎署刑事課暴力犯対策係。巡査部長。

賀茂《かも》　晶《あきら》　神奈川県立南浜高校の生徒。またの名を「オズヌ」。古代の霊能者・役小角《エンノオヅヌ》を自らに降臨させる。

赤岩猛雄《あかいわたけお》　賀茂の同級生で、暴走族「ルイード」の元リーダー。「後鬼《ごき》」としてオズヌに従う。

水越陽子《みずこしようこ》　賀茂の担任教師。「前鬼《ぜんき》」としてオズヌに従う。

ミサキ　若者に絶大な人気を誇るカリスマボーカル。

テル　本名は金井輝雄《かないてるお》。川崎の半グレ。

サム　本名はサントス修《おさむ》。川崎を根城にする地元ギャングのリーダー。

葛城《かつらぎ》　誠《まこと》　サムの保護司。更生保護施設「一言寮《ひとことりょう》」を運営している。

1

午前八時半に、高尾《たかお》が電話を受けた。

朝礼が終わり、それぞれの係員が着席した直後のことだ。

所轄署時代には、署員全員が屋上に集められて朝礼をやったりしたが、県警本部ではそういうわけにはいかない。

課ごと、係ごとに朝礼をやるのだが、それぞれの部署にあるモニターを通して、職員全員に対する本部長や副本部長の訓辞が流れることもある。

今日は全体への訓辞はなく、係長からの注意事項だけで終わった。

丸木正太《まるきしょうた》巡査長は隣の席の高尾勇《いさむ》巡査部長の様子を横目で見ていた。相槌《あいづち》だけでほとんど会話をしないので、電話の相手が誰か、どんな用件なのか、見当がつかない。

高尾はガタイがいい。そして夏をのぞいていつも、黒い革のジャンパーを着ているのだが、今がちょうどそれを脱ぐ季節だ。黒い半袖のシャツを着ている。

昨日は七夕で、やっぱり雨だった。

織り姫と彦星は滅多に出会えない運命にある。例年七月七日は梅雨が明けていないので雨が降ることが圧倒的に多いらしい。

高尾が携帯電話をポケットにしまうと言った。

「水越陽子《みずこしようこ》からだ」

丸木は聞き返した。

「水越陽子……。南浜《みなみはま》高校の教師の、ですか？」

「ああ。ちょっと、行ってこよう」

「え？　何事ですか？」

高尾はそれにはこたえずに、席を立って係長に近づいた。

丸木は慌ててそれを追った。別にいっしょに係長席に行く必要はないのかもしれないが、高尾とはペアなので、反射的に行動を共にしてしまう。

堀内《ほりうち》係長が、ぎょっとした顔で高尾を見る。

「何だ？」

高尾の体格は規格外れに大きいが、態度も、その行動も、丸木に言わせれば規格外れだ。

高尾は常に自分のルールで行動しているように見える。堀内係長も同じことを思っているに違いない。

堀内信彦《のぶひこ》警部は、丸木と高尾が所属している神奈川県警生活安全部少年捜査課の第三係の係長だ。

高尾が堀内係長に言った。

「南浜高校に行ってきます」

「何の事案だ？」

「教師からの相談事です」

「教師からの相談？　何について？」

「さあ、それは行ってみないと……」

「内容も聞かずに、会いに行くというのか？」

「自分から少年捜査課ですからね。高校の先生から相談があると言われれば、会いに行かざるを得ません。そうでしょう」

堀内係長は鼻白んだ様子で言った。

「出かける前に行動計画書を出せ」

「先方は急ぎだと言ってますので……。帰ってきたら、報告書を書きます」

「戻るのは何時だ？」

「それも、行ってみなければわかりません」

堀内係長はうなずいた。おそらく、文句を言っても、相手が高尾では勝ち目がないと思ったのだろう。丸木はそう思った。

高尾は係長席を離れて部屋の出入り口に向かった。丸木はまたそれを追った。


駐車場に黒いハッチバックがあり、高尾はそれに向かった。これは彼の自家用車だ。だが、助手席には無線機が付いている。

高尾がハンドルを握り、丸木は助手席に座る。丸木がシートベルトを着けると、高尾は車を出した。

丸木は言った。

「ずっと不思議に思っていたんですけど……」

「何だ？」

「どうしてこの車に無線機が付いているんですか？」

「俺が警察官だからだ」

「いや、普通警察官だからって自家用車に無線は付けられないでしょう」

「どうしてだ？」

「どうしてって……。無線は県警の備品だからですよ」

「県警の備品を県警の警察官が使って何が悪い」

「いや、悪くはないですけど……」

「仕事に使うって言ったら貸してくれたよ」

「本当ですか？」

「何だよ、その本当ですかってのは。なんで俺がおまえに嘘《うそ》をつかなきゃならないんだ」

「だって、勝手に無線を使うことはできないでしょう」

「だから、勝手に付けているわけじゃねえよ。施設課のやつがちゃんと取り付けてくれたんだ」

「施設課が……？」

「そうだよ。そもそも、警察には車両が足りてないんだ。刑事たちを見ろよ。みんな電車移動だよ。いざってときに、あれで間に合うのか？　だからさ、自家用車を覆面車として転用してるわけだ。本当なら、サイレンアンプやパトライトも付けてほしいよ」

「はあ……」

そんなことを言っているうちに、南浜高校に到着した。

丸木は言った。

「何だか、デジャヴを起こしたみたいです」

「デジャヴ？」

「こうして呼び出されて、ここに車で来たことがあるでしょう」

「そうだっけな……」

校門の近くに、水越陽子の姿があった。高校教師らしく地味な服装だ。

高尾の車が停車すると、彼女はすぐに後部座席に乗り込んだ。

「呼び出したりして、悪いわね」

高尾がこたえた。

「赤岩《あかいわ》が逮捕されたってのは、どういうことだ？」

「え……」

丸木は思わず声を上げた。高尾はそんなことは一言も言わなかった。

赤岩猛雄《たけお》は、南浜高校の生徒だ。だが、ただの高校生ではない。かつては暴走族の総長で、喧嘩《けんか》では数々の伝説を持っている。ヤクザがよけて通ると言われた男だ。

水越陽子が言った。

「よくわからないの。だから、あなたに連絡したのよ」

「よくわからない……？」

「今朝一番で、刑事が学校を訪ねてきた。それで逮捕を知ったわけ」

「どこの刑事だ？」

「川崎《かわさき》署だと言っていた」

「少年係じゃなくて、刑事だったんだな？」

数々の伝説を持ってはいるが、赤岩は少年なのだ。

陽子がこたえる。

「強行犯係だと言っていた」

「だとしたら、暴行か傷害だな。赤岩に限って強制性交等ということはないだろう」

丸木は言った。

「まさか、殺人じゃないでしょうね……」

高尾は陽子に尋ねた。

「刑事は罪状について何か言ってなかったのか？」

「言ってなかった。ただ、赤岩君が南浜高校の生徒だということを確認しただけ」

「まあ、刑事は余計なことはしゃべらないからな……」

丸木は高尾に言った。

「逮捕なんですかね？　補導とかでなく……」

「刑事だっていうんだから、補導ということはないだろう」

陽子が言った。

「前回、赤岩君が捕まったときだって、彼は何も悪いことをしていなかったじゃない」

「そうだったな。だが、赤岩だからな。あいつのことを知らない警察官はいない」

いわゆる「札付き」ということだ。

「今回もきっと何かの間違いなのよ」

「どうかな……」

「赤岩君が変わったことを、あなたも知っているでしょう」

ちょっと間を置いてから高尾がこたえた。

「知っている。最初は信じられなかったけどな。たしかにあいつは変わった」

「だから」

陽子は言った。「何かの間違いなのよ」

高尾が言った。

「つまり、赤岩を川崎署から連れ戻してくれと言いたいわけだな」

やっぱり、デジャヴみたいだなと、丸木は思った。同じことが前にもあった。

高尾の問いに、陽子が「そう」とこたえた。

高尾が肩をすくめた。

「とにかく、川崎署に行ってみよう」

丸木が何か言う前に、陽子が車を降り、高尾は車を出した。


川崎警察署は第一京浜のすぐそばにあるので、南浜高校から車で二十分とかからなかった。六階建ての立派な警察署だ。

到着したのは、午前九時半頃のことだった。

川崎署の玄関で、高尾が丸木に言った。

「水越陽子は、学校にやってきたのが強行犯係だと言っていたな」

「はい」

高尾が受付に行き、強行犯係はどこかと尋ねた。制服姿の係員は当然怪訝《けげん》そうな顔をする。

素直に警察手帳を出せばいいのにと丸木は思うが、何も言わずに様子を見ている。

「何のご用ですか？」

「知り合いが捕まったというので、どういうことになっているのか訊《き》きにきた」

「知り合いが捕まった……。名前は？」

「赤岩猛雄」

「強行犯係に捕まったのだということですね」

「そうだ」

係員は警電の受話器を上げた。しばらくすると彼は受話器を置いて言った。

「お待ちください。係の者が来ます」

高尾はうなずいた。

五分ほど待たされた。こういうときの五分は長い。

「赤岩の知り合いっていうのは、あんた？」

やってきてそう言ったのは、高尾と同じくらいの年齢の男だった。所轄の刑事らしく、目がどんよりとしている。寝不足なのだ。

高尾が「そうだ」とこたえた。

不遜な態度だったので、相手は少々むっとした顔になった。

「ちょっと、こっちに来て話を聞かせてもらえる？」

「いいだろう」

二人は二階に案内された。二階には、生活安全課と刑事課、そして交通課があった。どこの警察署もだいたい似たり寄ったりだ。

フロアの隅にパーティションで仕切ったスペースがあり、テーブルと椅子が置いてあった。丸木たちはそこに案内された。

高尾と丸木が並んで座ると、案内してきた捜査員は向かい側に腰かけた。

「赤岩とはどういう知り合い？」

高尾が言った。

「質問する前に、官姓名を教えてくれないか？」

相手がますます腹を立てるのではないかと、丸木は心配した。だが、そうではなかった。

「え？　もしかして、ご同業？」

高尾がにっと笑った。

「そういうこと」

「カイシャは？」

「本部の生安。少年捜査課の高尾だ。こっちは丸木」

相手はうなずいて言った。

「強行犯係の江守《えもり》だ。江守俊和《としかず》」

「主任？」

「そうだ」

つまり、巡査部長ということだ。「そっちは？」

「俺も巡査部長。丸木は巡査長だ」

「少年捜査課ってことは、赤岩を補導したことがあるってこと？」

「いや、身柄を取ったことはない。だが、いろいろと関わりがある」

「赤岩ってのは、不良の間ではレジェンドだからなあ」

「身柄を取られたと聞いたが、逮捕なのか？」

「いちおう、現行犯逮捕をした」

「いちおう……？」

「そう。状況が状況だったんでね……」

「そいつを説明してくれないか」

「通報があったんだ。ガラの悪いやつらが喧嘩をしてるって……」

「川崎市内で？」

「川崎市川崎区での出来事だ。まず、地域課が駆けつけた。そのときには、騒ぎは収まっていたんだが……」

「喧嘩が終わっていたということか？」

「……というか、倒れていた」

「倒れていた？」

「そう。どうやら半グレの集団が暴れていたらしいんだが、その半分くらいが倒れていて、あとのやつらはその場から逃走したようだ。そこに赤岩がいたんだ。現行犯逮捕するのも当然だろう」

「暴れていたという半グレは……？」

「その場にいたやつらは当然身柄を取ったけど、すぐに釈放したよ。やつらは被害者だと思ったんで……」

「被害者……？」

「そう。赤岩がやったと思ったわけだ。だから、赤岩が逮捕された」

「倒れていたと言ったな？」

「そう。やられて地面に転がっていた」

「何人だ？」

「三人倒れていた。逃走したのも三人くらいだと思う」

「つまり、半グレ六人を赤岩一人で相手にしたというのか？」

「あいつならやれるだろう」

赤岩伝説が一人歩きしているのではないかと、丸木は思った。いくら何でも一対六はないだろう。しかも相手は半グレだというのだ。暴力のエキスパートだ。それを六人もやっつけるというのは、普通では考えられない。

その丸木の思いに反して、高尾があっさりと言った。

「そうだな。赤岩なら余裕だな」

「問題は、どうしてあいつが半グレなんかを相手にしたのかってことだ」

「しゃべらないのか？」

「しゃべらない」

そうだろうなと、丸木は思った。

赤岩のことを熟知しているわけではないが、ぺらぺらとしゃべるタイプでないことはわかっている。

高尾が言った。

「俺が話を聞いていいか？」

「あんた、赤岩と関わりがあると言ったな。どんな関わりだ？」

「少年捜査課だからな。ああいうやつとは普段から付き合いがある」

江守はうなずいた。

「わかった。顔見知りなら何かしゃべるかもしれないな」

三人は取調室に移動した。

スチールデスクの向こうに赤岩がいた。彼はひっそりと座っていた。チンピラのように反抗的な態度を取るわけでもなく、かといって緊張しているわけでもない。

ただ、座っているのだ。

高尾や丸木を見ても、その表情は変わらない。

高尾が正面の椅子に座ると言った。

「半グレ相手に立ち回りを演じたんだって？」

赤岩は何も言わない。

高尾は言葉を続ける。

「水越先生に言われて、わざわざこうしてやってきたんだ。何かしゃべってくれ」

すると赤岩は、眼《め》だけを動かした。江守を一瞥《いちべつ》したのだ。

高尾は赤岩の意図を悟ったようだった。江守に言った。

「悪いが、しばらく俺たちだけにしてもらえないか？」

さすがに江守は気分を害した様子だ。

「おい、こいつはうちの事案だぞ。出ていけというのか？」

「赤岩は意外とデリケートで人見知りなんだ。知らない人がいるとしゃべらない」

江守は赤岩を見た。そして、丸木を見てから視線を高尾に戻して言った。

「十分だけだ」

高尾が言った。

「三十分くれ」

「二十分」

江守は取調室を出ていった。

丸木は記録席に座って、高尾と赤岩の様子を見ることにした。

赤岩がいきなり言った。

「賀茂《かも》が追われている」

賀茂晶《あきら》のことだろう。赤岩と同じ南浜高校に通う生徒だ。

高尾が眉をひそめる。

「追われている？　誰に？」

「半グレだ」

「おまえがやっつけたやつらか？」

赤岩はかぶりを振った。

「俺は何もしていない。駆けつけたときには、すでに三人が地面に倒れていた」

「おまえがやったんじゃなきゃ、誰がやったんだ？」

「賀茂だと思う」

賀茂晶は、赤岩とはまったく違う。弱々しく影が薄い高校生だ。それが、半グレ六人と戦ったというのだ。

高尾が言った。

「オズヌだったんだな？」

赤岩がうなずく。

2

「おそらくそうだ」

赤岩の言葉に、高尾が聞き返した。

「おそらく？　見ていたわけじゃないんだな？」

「俺が駆けつけたときには、賀茂はもういなかった」

「どこかに逃げたということだな？」

「やられてそのまま済ませるようなやつらじゃない」

赤岩は半グレのことを言っているのだ。

「そいつらが賀茂を追っているというんだな？」

「そうだ。何とかしなければならない」

「六人をやっつけたんだろう」

「逃げた人数はわからない。それに、いつもオズヌだとは限らない」

二人が言うオズヌというのは、役小角《エンノオヅヌ》のことだ。役行者《えんのぎょうじゃ》とも呼ばれる飛鳥《あすか》時代の呪術者だ。

前鬼《ぜんき》・後鬼《ごき》といわれる鬼を従えている姿がよく描かれる。丸木も吉野《よしの》のお土産屋でその絵を見たことがある。

高尾と赤岩がなぜ役小角の話をしているかというと、賀茂晶に時折降りてくるからだ。

いや、丸木は降臨だの憑依《ひょうい》だのということは信じてはいない。だが、過去に何度か、賀茂晶が信じられないようなことをやってのけるのを目撃したことがある。

だから、今のところ丸木はオズヌ降臨を信じてはいないが否定もしきれないという状態なのだ。

高尾が言う。

「それで、おまえはどうしようと言うんだ」

「放っておくわけにはいかない。やつらより先に賀茂を見つけなければならない」

「つまり、ここから出たいということだな？」

「そうだ」

赤岩は言った。「ぐずぐずしてはいられない」

「だがな……」

高尾は溜《た》め息《いき》をついた。「そいつは難問だぞ。おまえは現行犯逮捕されたんだ」

「俺は何もやっていない。調べればわかることだ」

高尾は突然丸木のほうを見た。

「どう思う？」

丸木は慌ててこたえた。

「どうって……。赤岩の言うとおりなら、拳とか調べればわかるんじゃないですか？　それに、防犯カメラを調べれば何か映ってるんじゃないですか？」

高尾はしばらく何事か考えている様子だった。

「ちょっと待ってろ」

高尾は赤岩にそう言うと立ち上がり、取調室を出た。丸木はそれを追った。

部屋を出たところで、江守が待っていた。

「どうだ？　何かしゃべったか？」

高尾がこたえた。

「赤岩が駆けつけたときには、もう三人倒れていたそうだよ」

「それを真に受けるのか？」

「拳を調べたか？」

「拳……？」

「六人相手に殴り合いをやったんだ。拳が腫れていなきゃおかしい」

「鍛えてるんじゃないのか？　空手やってるやつみたいにタコでもできてたらわからないぞ」

「空手やってるやつでも、街中で喧嘩すりゃ、拳の皮がむけたり腫れたりするんだよ。調べたのか？」

「いや、まだやってないな」

「防犯カメラの映像とかは？」

「現行犯逮捕だから、そんな必要はないかと……」

「六人相手にして三人をぶっ倒したってのが容疑だろう？　だが、本人の証言とそいつが食い違っている。だったら、物的証拠を見つけなきゃならないだろう」

「赤岩以外に誰があんなことをするんだよ」

「それはわからない。わからないから調べるんだ」

江守は溜め息をついた。

「しょうがねえな……。取りあえず、赤岩の拳でも調べるか……」

「鑑識に写真を撮らせろよ」

「面倒くせえな」

「そう言うなよ。家裁の判事に文句言われるぞ」

少年事件は、全件送致が原則だ。つまり、いったん家庭裁判所に送られるのだ。そこで少年の処分が決まる。

曖昧な根拠で逮捕したとなれば、判事が黙っていない。

「わかったよ」

江守が自分の席のほうに歩いていった。五分ほどして、鑑識服姿の係員を連れて戻ってきた。

その二人が取調室に入ろうとすると、高尾が言った。

「俺も立ち会うぞ。少年捜査課だからな」

高尾に続いて丸木も取調室に戻った。

机の上に手を出せと江守が言うと、赤岩は素直に従った。手の甲を上にしてスチールデスクの上に両手を出す。

鑑識係が写真を撮った。

「傷もないし腫れてもないな」

高尾がそう言うと、江守が渋い顔でうなずいた。

鑑識の作業が終わると、江守は言った。

「拳じゃなくて、蹴りでやっつけたのかもしれない」

「靴に血液とか体液とか皮膚とかが付着しているかどうか調べるか?」

江守は鑑識係のほうを見た。鑑識係は小さくかぶりを振った。調べる必要はないと言いたいのだ。

江守は高尾に言った。

「赤岩が半グレを殴ったわけじゃなさそうだ」

「じゃあ、身柄持っていくが、いいか？」

「ちょっと待て。うちが逮捕したんだぞ」

「家裁に送致することになったら、俺たちがやるよ」

「いや、しかし……」

「防犯カメラを調べてくれ。そうすれば、何かわかるかもしれない」

江守はしばらく考えていたが、やがて言った。

「わかった。調べて連絡する。赤岩を逃がすなよ」


赤岩を連れて車に戻ると、高尾が言った。

「さて、高校に戻るぞ」

すると赤岩が言った。

「俺はここでいい」

「そうはいくか。放免になったわけじゃないんだ。水越先生のところでおとなしくしていろ」

高尾が後部座席のドアを開けると、赤岩は黙って乗り込んだ。高尾が運転席に回り、丸木が助手席に座る。

車を出すと、高尾は何もしゃべらなかった。赤岩も無言だ。

丸木は沈黙が気詰まりで、何か言おうと思ったが、何を言っていいかわからなかった。結局、黙っているしかなかった。

南浜高校が近づくと、高尾が丸木に言った。

「水越先生に電話しろ」

「あ、はい……」

丸木は言われたとおりにした。

「はい、水越」

「あ、丸木です。赤岩君を連れてきました。もうじき到着します」

「わかった。さっきの場所に車を停《と》めて」

「はい」

丸木はその言葉を高尾に伝えた。


駐車してしばらくすると、陽子がやってきて、後部座席に乗り込んだ。赤岩の隣だ。

「いったい、どういうことだったの？」

高尾が経緯を簡単に説明した。

話を聞き終えると、陽子が言った。

「やっぱり逮捕は間違いだったたってことね」

「赤岩はそう言っている」

「警察は謝罪したんでしょうね？」

「していない」

「それは問題だわね」

「川崎署に代わって、俺が謝罪する。済まなかった」

赤岩が言った。

「そんなことより、賀茂を見つけなければならない」

高尾が言った。

「こんな調子なんだ。珍しいだろう、赤岩が焦っている」

陽子がこたえる。

「賀茂君のことを心配しているのよ」

「賀茂は学校に来ていないんだな？」

「今日は姿を見ていない」

赤岩が言う。

「俺は捜しに行く」

高尾が赤岩に言う。

「だからさ、おまえはまだ自由の身ってわけじゃないんだ。学校でおとなしくしていろ」

「学校になどいられない」

「水越先生の監視下にあることが確認できないと、俺はおまえをまた川崎署に戻すことになる」

赤岩は無言だったが、丸木はすさまじい圧力を感じた。これが伝説の赤岩の迫力か……。彼が暴れ出したら、誰も止められないだろう。

丸木はぞっとした。

そのとき、陽子が言った。

「私の監視下にあればいいのね？」

高尾が聞き返す。

「何だって？」

「私がいっしょに賀茂君を捜しに行けばいいんでしょう？」

高尾が腕時計を見てから言った。

「午前十時半だぞ。あんた、仕事があるんじゃないのか？」

「赤岩君はわが校の生徒よ。生徒の指導はれっきとした教師の仕事だわ」

「授業はないのか？」

「自習よ」

「よくクビにならないな」

「普段の行いがいいので……」

札付きの赤岩が陽子には逆らわない。それは学校幹部に対する陽子の大きなポイントなのだろうと、丸木は思った。

「……で」

高尾が言う。「赤岩。どこに行くつもりだったんだ？」

しばらく間があった。

「わからない」

高尾があきれたように言う。

「まったくおまえらしくないな。戦略もなしに闇雲に動き回るつもりだったのか」

「考えている暇はなかった」

「賀茂の自宅は知っているか？」

「知っている」

高尾がレバーをドライブに入れた。

「取りあえず、そこに行ってみよう」

高校の近所にあるアパートだった。賀茂は一人暮らしをしているのだ。

何でも過去に自殺を図ったことがあり、一命は取り留めたものの、しばらく入院していたらしい。その後、このアパートで一人暮らしを始めたのだ。

自殺未遂の原因は不明だが、暴力をともなういじめを受けていたのではないかと言われている。その加害者の一人が赤岩だったらしい。

そして、その自殺未遂以来、オズヌが降臨するようになったという話だ。

一人暮らしは本人の強い希望で、両親もそれを認めたということだが、実はオズヌが降りた賀茂を両親が持て余した結果ではないかと、丸木は密《ひそ》かに思っていた。

赤岩が一階の右端の部屋に歩み寄り、ドアを叩《たた》いた。返事はない。再び叩く。

そして、ドアに耳を当てて、中の気配を探った。

陽子が言った。

「留守のようね」

高尾は周囲を見回しながら言った。

「今のところ、怪しいやつの姿もない」

赤岩が言った。

「すでに連れ去られたあとかもしれない」

それに対して、高尾が言う。

「落ち着け。電話とか、かけてみたらどうだ?」

赤岩は携帯電話を取り出した。言われたとおり、賀茂にかけてみるようだ。耳に当ててしばらくして、彼は言った。

「出ない」

高尾が尋ねる。

「呼び出し音は鳴っているのか？」

赤岩がうなずいた。

「おまえ、賀茂とトラブルになった半グレのことを知っているのか？」

「テルと呼ばれているやつが中心になっている。ナンバーツーはヒトシだ」

「苗字《みようじ》は？」

「知らない」

「何人くらいの集団なんだ？」

「知らない」

「川崎の連中なんだな？」

「川崎出身のやつらかどうかは知らない。東京あたりから流れてくるやつらもいる」

半グレは暴力団などと違って、きわめて流動的だ。彼らはかっちりとした組織を作るわけではないのだ。
○○連合などと呼ばれる集団が存在するが、それはいくつかのグループの集まりに過ぎない。だから「連合」なのだ。
「さて、これからどうする？」

すると、陽子が言った。

「『オルタード』に行ってみない？」

「こんな時間にライブハウスが開いているのか？」

「あそこは、昼と夜の二部制のはずよ」

丸木は赤岩の顔を見た。彼は行く気まんまんの様子だ。

高尾が言った。

「わかった。じゃあ、行ってみるか」


『オルタード』は、高速道路の本牧《ほんもく》ジャンクションの近くにあるライブハウスだ。

今のオーナーは二代目で、陽子や赤岩は先代からの付き合いらしい。

陽子が言ったとおり、午前中なのに店が開いているようだった。訪ねてみると、バンドのリハーサルの最中だった。

二代目オーナーの田崎慶一《たざきけいいち》が近づいてきて言った。

「ルイードの二大スターのお出ましか」

ルイードというのは、かつて神奈川一の勢力を誇った暴走族のことだ。

実は、水越陽子はルイード初代総長の彼女で、赤岩は二代目総長だった。

そしてこの『オルタード』は代替わりする前は『ジャック』という名のプールバーでルイードのメンバーの溜まり場だったらしい。

陽子が言った。

「昔の話をいつまでしてるつもり」

田崎慶一が高尾のほうを見て言う。

「高尾さんたちもいっしょってことは、何か事件絡み？」

陽子が言った。

「賀茂君を捜しているの。ここに来なかった？」

田崎は、ステージのほうを見て言った。

「ここじゃ話ができないから、奥に行こう」


奥というのは、事務所のことだ。スチール製のロッカーがあり、机があるだけの狭いスペースだ。そこに丸椅子を並べ、丸木たちが座った。田崎は机に向かう。

「……で？　賀茂を捜しているって？」

陽子がうなずく。

「そう」

「ここには来ていない」

「連絡もなかった？」

「ないよ。だいたい、あんたらにも連絡がないのに、俺に連絡してくるわけないだろう」

関係の近さからすると、田崎の言うとおりかもしれない。賀茂は、田崎よりも陽子や赤岩と近しい。

陽子が言った。

「学校にも出てきていないし、自宅にもいない。だから、ひょっとしてと思ったわけよ」

「だいたいどういうことなんだ？　なんで賀茂を捜しているんだ？」

陽子が高尾を見た。どこまでしゃべっていいか、高尾に判断を委ねているのだ。

それを受けて高尾が言った。

「賀茂が川崎の半グレ集団と、何かトラブルを起こしたらしい」

田崎が目を丸くする。

「それ、ヤバいじゃないか……」

「しかし、こうして捜して歩いているんだ」

「しかし、あのおとなしそうで、見るからに人畜無害の賀茂が、何だって半グレなんかと……」

「その事情を知っているのは、赤岩だけだ」

田崎と陽子が同時に赤岩を見た。

赤岩は言った。

「知っているわけじゃない。ただ……」

田崎が尋ねる。

「ただ、何だ？」

「訊かれたんだ」

「何を訊かれたんだ？」

「テルを知ってるかと……」

「テル……？」

田崎が怪訝そうな顔をすると、高尾が言った。

「半グレのリーダー格のことらしい」

田崎が赤岩に尋ねた。

「あんたは何とこたえたんだ？」

「知っているとこたえた」

「それから？」

「どこにいるかと訊かれたので、川崎だと思うとこたえた」

「賀茂がそのテルに会いに行ったということか？」

「どうやらそのようだ」

高尾が赤岩に質問する。

「いっしょに行ったんじゃないのか？」

「まさか本当に会いに行くとは思わなかった。俺は、川崎にいると思うと言っただけなんだ」

「おまえの自宅で賀茂とは別れたということだな？」

赤岩はうなずいた。

「そうだ」

「だが、おまえは川崎で捕まった。つまり、おまえも川崎に行ったわけだよな」

「賀茂と別れたあと気になって、行ってみることにした。そうしたら、街中の騒ぎに気づいた。そこに駆けつけたら、テルの仲間三人が地面に転がっていた」

「賀茂はなんでテルに会いに行ったんだ？」

「知らない」

「彼はどうしてテルを知っていたんだ？」

「知らない」

そして赤岩は付け加えるように言った。「降りているときのあいつの考えていることは、見当もつかない」

3

「結局、おまえは何も知らないわけだ」

高尾が言うと、赤岩がこたえた。

「賀茂は何も言わなかった」

悪びれるでもなく、ぶっきらぼうでもない。まったく感情の動きを見せずに淡々と言った。それが、凄《すご》みを感じさせる。

「賀茂を見つけないと何もわからないんだな……」

「だから、そう言っている」

高尾は肩をすくめた。

「自宅にもいない、オルタードにもいない……。さて、次はどうするかな……」

陽子は言った。

「捜索願とか出せないの？」

「親しい関係者なら出せる。今は行方不明者届というんだがな」

「親しい関係者って？」

「親族とか後見人、それに配偶者なんかだな。高校の担任なら問題ないと思う」

「警察官なんだから、手続きしてよ」

「本人が警察署に行ったほうが早い。俺が手続きしようとしても、届出者を連れてこいと、担当に言われるのがオチだ」

「どこの警察署に行けばいいの？」

「そうだな……。南浜高校はどこの管轄だ？」

丸木はこたえた。

「山手《やまて》署でしょう」

「じゃあ、山手署に行けばいい」

「車で送ってよ」

「わかった。山手署であんたらを降ろしたあと、俺たちはいったんカイシャに戻る」

すると、田崎が言った。

「なんだ、帰るのか？」

高尾がこたえた。

「ああ、長居をすると迷惑だろうからな」

「元ルイードの伝説の二人だぜ。迷惑なわけがないだろう」

「俺たち警察は邪魔だろう」

「実はさ、ちょっと相談があるんだ」

「相談……？」

「ミサキのことなんだ」

「ミサキ……？」

高尾が聞き返す。「なんだ、バンドは解散したんじゃないのか」

「今もソロ活動を続けているんです」

丸木は思わずそう口に出した。

高尾が丸木のほうを見た。

「そう言えばおまえ、ミサキのファンだったな」

「はい」

ミサキはスカGというローカルバンドのカリスマボーカリストだった。神奈川県内で熱狂的な人気を誇っていたが、リーダーのイカリが問題を起こして解散した。

その後、ジェイノーツというメジャーレーベルから、ミサキがソロデビューした。新曲リリースのペースはとても遅いのだが、スカGの伝説と曲への期待感があいまって、人気はますます高まるばかりだった。

高尾が言ったとおり、丸木はスカG時代からのミサキの大ファンだ。

田崎が言った。

「スカGの時代からそうだったんだけど、滅多に大きなホールでのコンサートなんかやらない。ずっとライブハウスで活動を続けているわけだ」

高尾が尋ねる。

「ここでもやっているんだろう?」

「ああ、もちろん」

「けっこうなことじゃないか」

「ところがさ、いよいよミサキの人気が、こんなライブハウスじゃ収まらなくなってきたわけだ」

「客が殺到しているってことか?　それもけっこうなことだ」

「収まりきらなくなってきたと言ってるだろう。文字通り、客が店の外まであふれちまうんだ。そうするとさ、当局からお叱りを受けるわけだ」

「警察が何か言ってきたということか？」

「店の外にはみ出した客たちを見て、誰かが通報したんだろう。状況を改善するように言われている。さらに、ミサキのライブ時には、店内がすし詰め状態になるので、消防署からも注意されている」

「それで……？」

「あんた、警察官だろう？　なんとかならないのかと思ってね」

「俺は少年捜査課だ。ライブの客の中には少年もいるだろう。それが、危険な環境にいるとなれば、注意する側だぞ」

「生活安全課に知り合いがいるだろう。お目こぼしするように言ってくれよ」

「あの……」

丸木は言った。「チケットを売っているわけでしょう？　だったらその数で入店者数を管理できるはずじゃないですか」

余計なことだと思ったが、ミサキのこととなれば、発言せずにはいられなかった。

「当日券がばんばん売れるんだよ。店としてはそれを取りこぼす手はない」

高尾が顔をしかめた。

「欲をかくなよ。警察や消防が注意をしているのは、その点なんだよ。儲《もう》けより客の安全を重視しろってことだよ」

「そうは言うけどさ……」

丸木は言った。

「録画して、ＹｏｕＴｕｂｅとかに、有料でアップすればいいじゃないですか」

「ＹｏｕＴｕｂｅねえ……。やっぱり、音楽はライブだろう」

高尾が言う。

「そんなこと言ってる場合じゃないだろう？　チケットや予約で客の人数をしっかり管理する。収入が減った分は、ネットの動画配信なんかで補う。それしかないだろう」

田崎が肩をすくめる。

「やっぱりそうかなあ。まあ、いろいろと考えてみる」

「ミサキはどれくらいのペースで、ここでライブをやってるんだ？」

「月一くらいだな。もっと頻繁にやってほしいんだが、本人の気分次第なんでねえ……。ジェイノーツの平岸《ひらぎし》さんも参っていたよ」

「参っていた？」

「ＣＤ出したり配信したりすれば売れるわけだ。このご時世、ＣＤが売れるなんて奇跡みたいな話だからな。だから、彼としてはミサキの新曲を年に何曲か出したいわけだ」

「曲を作るのも、本人の気分次第というわけだな」

「なんせ、ミサキはまだ十七歳だからな。強くは言えないだろう」

強く言ったところで、素直に言うことを聞くとは思えない。カリスマというのはそういうものだと、丸木は思った。

高尾が言った。

「曲なんて、そう簡単にできるもんじゃないだろうしな」

「問題は曲よりも詞らしいよ。何か降りてこない限り、まったく書けないらしい」

「ああ……」

高尾がうなずいた。「わかるよ」

高尾も丸木も、ミサキの特別な事情を知っている。田崎は比喩的に「降りてくる」と言ったのだろうが、彼女の場合は本当に降りてくるのだ。

オズヌと同じだ。……というより、オズヌによるとミサキは依巫《よりまし》なのだという。

賀茂といっしょにいると、彼女にもオズヌが降りてくるらしい。

もっとも本当かどうかはわからない。もちろん、丸木は信じてはいないのだが、実際、ミサキの歌には飛鳥時代の言葉がちりばめられている。

初めてミサキがソロの楽曲を発表したとき、その言葉が外国語ではないかとか、意味のない単語なのではないかとネット上で議論された。

あるとき、大学で言語学を研究している人物が正解を示した。上代の日本語だと。

彼女がどうしてそんな時代の言葉を知っているのか不思議だが、別にそれがオズヌ降臨の証明になるわけではないと、丸木は思う。

密かに勉強しているのかもしれない。

田崎の言葉が続いた。

「レーベルのプロデューサー一人じゃ手に余る。平岸さんがそう思っていた矢先、事務所の契約話が降って湧いたんだそうだ」

「え、事務所の契約話……？」

思わず声が出た。丸木は初耳だった。

高尾が言った。

「俺は、そういうことに疎いんだが、レーベルだの事務所だのってのは、何をやるんだ？」

田崎がこたえる。

「レーベルは音源を作りCDや配信で稼ぐ。事務所はアーチストを管理して、出演料やライブの上がりで稼ぐ。まあ、簡単に言えばそういうことだが、契約によってさまざまなパターンがあって、レーベルと事務所の関係もケースバイケースらしい。詳しく知りたいなら、今週の土曜日、平岸さんがここに来るから聞いてみたら？」

「土曜日？」

「ミサキのライブがあるんだ」

丸木は言った。

「来ていいんですか？」

「ああ」

田崎がうなずく。「あんたらは特別だよ」


車に戻ると、高尾が陽子に言った。

「山手署で降ろすが、本当にそれでいいのか？」

「なんでそんなこと訊くの？」

「届けを出したら、警察はいろいろ調べるぞ」

「どうして」

「一般行方不明者か特異行方不明者か判断しなきゃならないんだ。特異行方不明者となれば、すみやかに捜査を開始する」

「特異行方不明者って、何のこと？」

「殺人、誘拐なんかで生命や身体に危険が生じている恐れがある行方不明者のことだ」

「すみやかに捜査を開始する……」

「そうだ」

「一般行方不明者だったら？」

「日常的に行うパトロールや取り締まりの際に、発見に配慮する」

「なにそれ、そんなんで見つかるの？」

「そういう決まりなんだよ」

陽子はふうんと鼻から息を吐いた。それからしばらく無言だった。やがて彼女は言った。

「あれこれ訊かれて、痛くもない腹を探られるわけね」

「そういう可能性もある」

「時間もかかるわね」

「そうだな。届けを出してすぐに対応してくれるとは限らない。担当者は忙しいだろうからな」

「ぐずぐずしている間に行方不明者が死んだらどうするの？」

「そうならないことを祈るしかない」

「賀茂君の無事をただ祈れと言うの？」

そのとき赤岩が言った。

「警察より先に、テルたちが賀茂を見つけるかもしれない」

「だったら……」

陽子が言った。「警察で時間を無駄になんてできないわね」

高尾が尋ねた。

「じゃあ、どうする」

またしばらく無言の間があった。

「こういうときはホームグラウンドに戻るしかないわね。あなたがたは県警本部、私たちは学校」

「了解だ」

高尾は車を出した。


本牧にある南浜高校で、陽子と赤岩を降ろすと、高尾は車を県警本部に向けた。

丸木は尋ねた。

「赤岩を拘束してなくていいんですかね……」

「水越先生の監視下にあるんだから、かまわない」

「我々も賀茂君を捜すべきじゃないでしょうか」

「どこを捜すんだ？」

「それは……」

丸木は考えた。「わかりませんが……」

「水越先生も言ってたろう。こういう場合はホームグラウンドに戻ることだって」

結局、県警本部に戻るしかなかった。

少年捜査課にやってくると、高尾はすぐに堀内係長に報告に行く。丸木はそれに付いていった。

「南浜高校から戻りました」

「用件は何だった？」

「生徒が一人、姿が見えないということでした」

「行方不明ということか？」

「先生はそう言ってました」

「川崎署に行ったな」

別に悪いことをしていたわけではないのに、丸木はどきりとした。

高尾は表情も口調も変えない。

「行ってきました」

「何しに行ってきた」

「行方不明の生徒に関連した情報を得るために……」

「逮捕されていた赤岩の身柄を持っていったと、川崎署では言っている。どういうことだ？」

丸木の鼓動がはげしくなる。それでも、高尾は平気な様子だ。

「現行犯逮捕だということでしたが、逮捕の要件を満たしているとは思えませんでしたので……」

「おまえがどう思うかは関係ない。逮捕した被疑者の身柄を奪ったんだ」

「奪ったなどと人聞きの悪い……。学校の先生が身元引受人になるというので、連れていったんです。少年の勾留《こうりゅう》はやむを得ない場合に限ると、少年法にもあるでしょう」

「学校に連れていったということか」

「そうです」

「逮捕の要件を満たしていないと言ったな？」

「はい。赤岩は何もしていません。調べればすぐにわかることです。今頃、川崎署では家裁に送致しなくてよかったと思っているはずです」

堀内係長はいまいましげに高尾を見据えている。やがて、彼は言った。

「川崎署に問い合わせてみる。それで、行方不明の少年については？」

「担任の先生が捜しています。我々も協力するつもりですが……」

「そんなのは所轄の地域課に任せておけばいいだろう」

「特異行方不明者かもしれませんので……」

堀内係長は眼をそらした。

「わかった。経過は知らせろ」

「はい」

高尾と丸木は席に戻った。

椅子に座ったと思ったら、高尾はすぐに立ち上がった。

丸木は尋ねた。

「どこに行くんです？」

「マル暴に話を聞きにいこう」

「え？　マル暴……？　暴対課ですか？」

「半グレの専門家から情報収集だ」

丸木は立ち上がり、高尾のあとを追った。


組織犯罪対策本部にやってくると、丸木は落ち着かない気分になる。生活安全部とはかなり雰囲気が違う。

捜査員たちの目つきはより鋭くなり、何やら殺気のようなものを感じる。暴力団対策課に近づくと、その傾向はさらに強まる。

捜査員の中には、暴力団関係者と見分けがつかないような連中もいる。

高尾はそんな捜査員の一人に近づいていった。

「藤田《ふじた》、ちょっと訊きたいことがあるんだけど」

藤田と呼ばれた捜査員は、顔を上げて高尾を見た。それだけでなんだか凄みがある。年齢は高尾と同じくらいだ。

「なんだ、『仕置き人』じゃないか」

高尾はそう呼ばれることがある。少年たちを厳しく「お仕置き」するからだ。

「こいつは、丸木だ。丸木、彼は藤田勝《まさる》巡査部長だ」

丸木は会釈した。

藤田が高尾に言った。

「それで、訊きたいことって何だ？」

「テルって知ってるか？」

「ああ、川崎の半グレだな。テルがどうした？」

「南浜高校の生徒にちょっかい出しそうだという情報を得た」

「高校生に……？　あ、南浜高校っていったら、赤岩がいる高校じゃないか？」

「そのとおり」

「じゃあ、テルが手を出そうとしている相手は赤岩か？」

「いや、そうじゃない。赤岩の友達だ」

「赤岩に友達なんているのか？　暴走族の仲間ということか？」

「赤岩はもう暴走族から足を洗っていて、けっこう真面目に高校生活を送っているらしいから、友達くらいいるだろう」

「真面目に高校生活を送っている……？」

「ああ。俺もこの眼で見て、ちょっと信じられなかったけどな」

「その赤岩の友達が、テルに何をしたんだ？」

「それが知りたくておまえに会いにきたんだ。蛇《じゃ》の道は蛇《へび》だからな」

藤田はかぶりを振った。

「テルについては特に情報はないな」

「そもそもテルってのは何者なんだ？」

「金井輝雄《かないてるお》、三十四歳、無職。伊藤仁史《いとうひとし》というやつといつもつるんでいる。伊藤は二十八歳、無職。通称はヒトシだ」

「三十四歳？　半グレにしちゃいい年をしている気がするが……」

「不良だって年を取るだろう。それだけ長い間悪いことをしているってことだ」

「ヒトシというのは、子分なのか？」

「半グレってのは、親分子分とかの関係はない。先輩後輩だな」

「ヤサはわかるか？」

「俺たちが苦労をしているのは、それなんだよ。いわゆる住所不定というやつだ。テルだけじゃなく、ヒトシも他の仲間も居場所をころころ変えるので、実態がなかなかつかめない」

「六人くらいのグループだと聞いたが……」

「それもはっきりしない。普段はそれくらいで行動しているが、いざとなれば、十人にも二十人にも膨れあがる」

高尾がうなずいた。

「組織が流動的だというのは知っている」

「ヤクザは組幹部や組員というかっちりした身分があるが、半グレにはそれがない」

「アメリカのギャングに近いのかな……」

「そうだな」

「気にしておいてくれないか」

「テルのことをか？　わかった。そっちも、その高校生の件で何かわかったら知らせてくれ」

「了解だ」

高尾は組対本部を出ると言った。

「さて、昼飯にしようか」

時計を見ると、十二時半だった。

4

二人は食堂で向かい合って定食を食べた。

高尾が言った。

「あの藤田ってやつはな、ペア組んでいた先輩刑事がチャイニーズマフィアに殺されたりして、けっこう苦労したんだよ」

丸木は驚いた。

「それって、けっこうヤバい話ですね」

「暴対課ってのは、そういうところだよ。おまえ、少年捜査課でよかったな」

「いやあ、高尾さんといっしょにいると、けっこう危ない目にあいますけどね……」

高尾はふんと鼻で笑った。

食事を終えると、高尾は再び川崎署を訪ねるという。

丸木は尋ねた。

「また強行犯係の江守さんに会うんですか？」

「俺のこと、係長にチクりやがったからな。ひとこと言っておかなきゃならない」

「えっ。そういうの、やめといたほうが……」

「いいから、行くぞ」

午後二時過ぎに、高尾の車で再び川崎署にやってきた。もう案内を乞う必要はない。高尾はずかずかと二階の強行犯係に向かう。丸木はそのあとに付いていくしかない。

「よお。何だ、忘れ物でもしたか？」

高尾と丸木を見ると、江守が言った。

高尾が凄んだ。

「俺が赤岩の身柄を持っていったこと、根に持ってるのか？」

「何だよ。別に根に持ってなんかいないけど……」

「うちの係長にご注進に及んだようだな。そういうことされると、やりにくくてしょうがねえんだ」

「赤岩の身柄をどこに運んだのか訊いただけだよ。確認しておかなきゃならないだろう？」

「俺に電話すりゃいいだろう」

「係にかけて、あんたを呼び出してもらおうと思ったんだ。そうしたら係長が出て、あんたはまだ戻っていないというので……」

江守は別に悪意を持って密告したわけではなさそうだ。だが、高尾は凄むのをやめない。

「今後は携帯に電話をくれ」

高尾は携帯電話の番号を江守に教えた。

「わかったよ。なに？　おたく、係長との折り合いが悪いの？」

「面倒臭いやつなんだよ」

「それで、赤岩はどこに運んだんだ？」

「高校で、担任教師の監視下にある」

「え？　あんな凶悪な不良が、教師の手に負えるのか？」

「赤岩は変わったんだよ。その先生もちょっと普通とは違うし」

「……んで、学校でおとなしくしてるんだな？」

「ああ。心配ない」

賀茂を捜し回っていることは言いたくないらしい。

「言われたとおり、防犯カメラの映像を調べた」

「それで……？」

「赤岩が暴力を振るった証拠は見つからなかった」

「現場が映っている映像がなかったってことか？」

「いや、まあ、あるにはあったんだが、半グレたちの仲間割れらしい」

「仲間割れ……？　テルの仲間同士で殴り合っていたということか？」

「映像ではそう見えるな。六人が二手に分かれて殴り合った。だから、三人倒れていて、三人が逃走した。数は合ってるだろう」

「赤岩はその騒ぎの後に駆けつけたということだな？」

「そう。三人が倒れているところに、駆けつけた。さらにそこに地域課がやってきたわけだ」

「他に何か映ってなかったか？」

「何かって？」

「不審な人物とか……」

「テルたちが充分に不審だよ」

「その映像、見せてもらえるか？」

「面倒くせえなあ……」

「そう言うなよ」

江守は机上にあったノートパソコンを引き寄せて、マウスを操作した。画面に映像が出ると、それを高尾たちのほうに向けた。

丸木と高尾はそれを覗《のぞ》き込んだ。

柄の悪い連中が、歩道で何かを取り囲んでいるように見える。

その輪が解けたと思うと、いきなり殴り合いが始まった。江守が言ったとおり、三対三の喧嘩だ。

さすがに半グレだけあって迫力のある殴り合いだ。

「止めてくれ」

高尾が言った。

江守がマウスを操って映像を止めた。

「どうした？」

江守が尋ねた。「何か見つけたのか？」

「少し戻せるか？」

江守が言われたとおりにする。

「ストップ」

高尾が言う。そして彼は画面の一点を指さした。丸木は「あっ」と声を出した。

そこに賀茂晶が映っていた。

丸木と高尾は顔を見合わせていた。

「何だよ」

江守が言う。「何を見つけたんだ？」

高尾がこたえた。

「これ、南浜高校の生徒だ」

「え……？」

江守が改めて画面に見入った。「たしかに、高校の制服を着ているように見えるな……」

「この生徒が、昨日から行方不明なんだそうだ」

「行方不明……？」

「赤岩は、テルたちに拉致されたんじゃないかと心配している様子だったが……」

高尾が言うと、江守は映像を戻し、再び再生した。

「拉致されたという雰囲気じゃないな。なんか、普通に歩いて路地に消えていったぞ」

普通に歩いているということが普通ではないことに、江守は気づいていないようだ。半グレが殴り合いをやっているところを歩いて通り抜けるなんて、どう考えても尋常ではない。

高尾が言った。

「この映像をもらえるか？」

「おい。捜査情報を外に出せるわけないだろう」

「特異行方不明者の捜査のためだ」

江守はしばらく考えてからこたえた。

「わかったよ。コピーを持っていけ。ただし、俺からもらったって言うなよ」

「わかっている」

江守は、USBメモリに映像をコピーしてくれた。それを受け取ると、高尾は言った。

「邪魔したな。また来る」

「おい、一つ貸しだぞ」

高尾が出入り口に向かって歩きながら言った。

「テルたちの動きに留意していてくれ」


「オズヌですね」

車に戻ると、丸木は高尾に言った。

「ああ、そういうことだろうな」

「これからどうします？」

「水越先生に連絡してみてくれ」

丸木は陽子の携帯電話にかけた。

「はい」

「あ、県警の丸木です。ちょっと見ていただきたいものがあるんですが」

「なあに?」

「賀茂君が映っている監視カメラの映像です」

「わかった。三時半以降なら時間が取れる」

「では、三時半に、いつものところで……」

高尾が車を出した。


約束の時間より早めに到着し、丸木たちは車内で十五分ほど待つことになった。

陽子と赤岩がやってきた。彼らが後部座席に座ると、高尾が言った。

「赤岩、おとなしくしているか?」

そんな軽口に付き合う赤岩ではないことは、高尾もわかっているはずだ。案の定、赤岩は何も言わない。

高尾がUSBメモリを取り出して陽子に手渡した。

「学校で見るか?」

「パソコンを持ってきた」

「お、用意がいいな」

陽子がUSBメモリを差し込みパソコンを立ち上げる。しばらくして、陽子の声がした。

「何これ。路上の喧嘩ね」

「テルたちの殴り合いだ。そのど真ん中を悠々と横切る賀茂が映っている」

しばらく間がある。

「本当」

陽子の声がする。「間違いない。賀茂君ね」

脇から赤岩もその画面を見ている。

「この殴り合いの決着が付いた後に、赤岩が駆けつけたということだな」

赤岩は何も言わない。

「赤岩」

高尾が呼びかける。「見てのとおり、賀茂は無事なようだ。テルたちに拉致されたわけじゃない」

赤岩の声がした。

「今のところは……」

「まだ連絡はつかないんだな？」

その問いにこたえたのは、陽子だった。

「まだつかない。あれからもう一度アパートに行ってみたけど、戻った様子もない」

「俺たちは引き続き、テルたちのことを当たってみる」

「わかった」

そう言うと、陽子は車を降りた。赤岩が無言でそれに続いた。


「現場が見たい」

高尾がそう言ったので、思わず丸木は言った。

「それなら、さっき川崎署を訪ねたときに行ってみればよかったじゃないですか」

「今、そう思ったんだ」

車を運転しているのは高尾だから、丸木は文句は言えない。引き返し、川崎区の現場にやってきた。

高尾は路上に停めた車を降りた。JR川崎駅東口そばの県道九号の路上だ。丸木もそれに続く。歩道に立ち、周囲を見回している。歩道にはアーケード状に屋根がついている。

丸木は信号機の脇に突き立つポールを指さして言った。

「あそこに監視カメラがあります」

高尾がうなずく。

「俺たちが見たのは、あそこからの映像だな。……とすると、賀茂はあそこの路地に消えたわけだ」

高尾が指し示したのは、コーヒーショップと中華料理屋の間の路地だ。その路地もアーケードになっている。

高尾が角を曲がって、その路地に進んだので、丸木はそのあとに付いていった。

有名なラーメンのチェーン店やとんかつ屋などの飲食店が並んでいる。アーケードを抜けると十字路になっており、その先はビル街、右に行くと飲食店が続いている。左にしばらく行くと、京急川崎駅だ。その先にJR川崎駅がある。

高尾が言った。

「電車に乗った可能性があるな」

「オズヌが電車に乗るんですか？」

何となく違和感があった。

「意識の大半は役小角だが、賀茂本人の意識もあって、何か夢を見ているような状態だと、賀茂が言っていた。だから、電車くらい乗れるんじゃないのか？　あるいは、オズヌが賀茂から離れたのかもしれない」

「聞き込みをするんなら、写真を持ってくればよかったですね」

「ケータイに入っていないのか？」

「入ってませんよ」

「しょうがない。じゃあ、今日のところは引きあげるか」

「本部に戻りますか？」

「係長の顔なんか見たくない。直帰だよ」


翌日は火曜日で、丸木は午前八時に登庁した。八時半になると、高尾がやってきた。

「おい、南浜高校に行くぞ」

「え……」

丸木は目を丸くした。「またですか……」

「水越先生から電話があったんだ。賀茂が登校してきたそうだ」

高尾は係長席に行った。丸木もそれに続く。

「南浜高校に行ってきます」

堀内係長が怪訝そうな顔をする。

「行方不明者の件か？」

「その生徒が登校してきたというので……」

係長は顔をしかめる。

「なんだ、人騒がせだな。行方不明じゃなくなったのだから、わざわざ行く必要はないだろう」

「事情を聞いておかないと……。とにかく行ってみます」

「報告書が出ていないぞ」

「話を聞いてから書きます」

高尾は係長席を離れて出入り口に向かった。昨日と同様に、高尾と丸木は高尾の車に乗り込んだ。

丸木は陽子に電話して、「これから行く」と伝えた。いつものところで待っているということだった。

その場所に陽子が立っていた。

車を停めると、彼女は運転席に近づいてきた。高尾が窓を開けて陽子に言った。

「一人か？　賀茂は？」

「生徒指導室にいる」

「生徒指導室？」

「先生が生徒の相談に乗るための部屋よ」

「普通に登校してきたんだな？」

「そう」

「何か言ってるか？」

「よく覚えていないそうよ」

「とにかく、話を聞いてみよう」

高尾が車を降りようとすると、陽子が言った。

「呼び出しておいて申し訳ないんだけど……」

「何だ？」

「警察官が学校に立ち入ったりすると、いろいろと面倒なのよね」

「面倒？」

「学校の幹部や保護者がうるさいのよ」

「じゃあ、このまま帰れというのか？」

「そうじゃない。幹部に会ってほしいのよ」

「幹部って、校長や教頭か？」

「そう」

「俺は別にかまわないが……」

「失礼なことを言うかもしれないけど、腹を立てないでね」

「俺は大人だ」

初めて車を学校の駐車場に入れた。

それから、丸木と高尾は陽子に付いて校舎に足を踏み入れた。

まず校長室に案内される。校長の石館栄三《いしだてえいぞう》とは面識があった。

「少年捜査課の高尾さんでしたね」

校長席の向こうから石館校長が言った。

「はい。ご無沙汰しております」

「警察とはご無沙汰のほうがいいと思います」

「おっしゃるとおりです」

石館校長は陽子に言った。

「教頭を呼んでください」

陽子が出ていくと、校長は席を立ち、丸木たちに来客用のソファをすすめた。二人が腰を下ろすと、石館校長は高尾の向かいに座った。

ほどなく、陽子が教頭を連れて戻ってくる。国森貞文《くにもりさだふみ》教頭にも会ったことがある。石館校長は小柄で小太りだが、国森教頭はひょろりとしていて目が大きい。

最初に会ったとき、鶏のようだと思ったのを、丸木は覚えていた。

「生徒が一日休んだだけで、警察が事情を聞きにくるのですね」

国森教頭が言った。皮肉な口調だ。

高尾がこたえた。

「赤岩君や水越先生が心配をされていたようなので……」

高尾が口にした二人の名前は、校長や教頭にとっては特別なのだろう。とたんに、教頭は落ち着かない様子になった。

石館校長が陽子に尋ねた。

「何を心配していたんだ？」

「無断で欠席し、連絡も取れなかったので気になりました」

高尾が補足するように言う。

「賀茂君は過去にいろいろありましたからね」

いじめや自殺未遂のことだ。

校長や教頭にとっては触れられたくない事実に違いない。

「それで……」

国森教頭が尋ねる。「賀茂君に何を訊きたいのです?」

「昨日はどこにいたのか知りたいですね。何か犯罪に巻き込まれていないか確認したいんです」

石館校長と国森教頭は顔を見合わせた。やがて石館校長が言った。

「犯罪に巻き込まれている恐れがあるんですか?」

「いいえ。ただの確認です」

石館校長はしばらく無言で考えていたが、やがて言った。

「わかりました。水越が立ち会いますが、よろしいですね?」

「それは助かりますね」

石館校長が陽子にうなずきかけた。

陽子が言った。

「では、生徒指導室にご案内します」

5

殺風景な部屋の真ん中に長方形のテーブル。それを六つの椅子が囲んでいる。

その椅子の一つに、賀茂晶が座っていた。部屋の奥だ。

陽子が部屋に入っていくと、賀茂は立ち上がった。

「お……」

高尾が言った。「先生が入室するときに起立するなんて、今どきの高校生にしては行儀がいいな」

賀茂はその高尾に向かって、ぺこりとおじぎをした。

「あの……。ご無沙汰してます」

おどおどしている。どこにでもいるような気弱そうな高校生だ。

高尾がテーブルを挟んで、賀茂の正面に座る。その右側が陽子、左側が丸木だ。

赤岩は賀茂の隣に座った。彼は不機嫌そうに賀茂を見ている。心配させられたことを、無言で責めているようだ。

高尾が賀茂に尋ねた。

「日曜の夜から姿が見えなかったらしいな？」

「あ……」

賀茂がうろたえた様子でこたえた。「水越先生や赤岩にもそう言われましたが、覚えていないんです」

「君は川崎に行っていた」

「ええ……」

賀茂がうなずく。「それは何となく覚えているんですが……」

「そのときのことを詳しく知りたい」

「詳しくと言われても、ほとんど覚えていないので……」

「今、川崎に行ったことは覚えていると言ったじゃないか」

「電車で川崎に向かったことは覚えているんです。でも、それは夢かもしれないと思っていました」

「夢……？」

「はい。夢の中で、電車に乗って川崎に行ったのかと思ったんです」

「川崎で何をやったのか覚えていないんだね？」

「覚えてません」

賀茂がふと怪訝そうな顔になって言った。「水越先生も赤岩も、そのときのことを気にしている様子なんですが、いったい、僕は何をやったんです？」

高尾が陽子に尋ねた。

「例の映像は見せたのか？」

「まだよ」

「パソコンは？」

「持ってきてる」

陽子はトートバッグの中からノートパソコンを取り出した。高尾が手渡したＵＳＢメモリが差し込まれたままだ。

そして彼女は、防犯カメラの映像を再生した。

高尾が賀茂に言った。

「映像をよく見てくれ」

賀茂はパソコンのディスプレイを見つめたまま言う。

「何です、これ……。どこの街です？」

「いいから、見てなよ」

しばらくすると、賀茂が「あれ」と声を洩《も》らした。画面に自分の姿を見つけたのだ。

陽子は、いったん映像を戻し、同じところをすぐに再生した。

そして、彼女がその映像をストップすると、賀茂は言った。

「これ、僕ですよね……」

「君というか、オズヌだな」

「ああ……」

賀茂は半ば呆《ほう》けたような顔で言った。「間違いなくオズヌですね」

「問題は、オズヌがこいつらに何をやったかだ」

「こいつらって、この喧嘩している人たちのことですか？」

「そうだ。川崎市川崎区あたりを根城にしている半グレだ。総勢六人だった。川崎署強行犯係のやつの話だと、やつらは二手に分かれて喧嘩を始めたということだ」

「あの……」

賀茂は相変わらずおどおどしている。「それが僕と、何の関係があるんでしょう？」

「それは俺が教えてほしいよ。君はいったい、ここで何をしていたんだ？」

「映像を見ると、ただ歩いているだけに見えますね」

「半グレが乱闘している中を、ただ歩いていたというのか？」

「僕なんか、眼中になかったのかもしれません」

高尾はしばらく賀茂を見つめていたが、やがて言った。

「この半グレのリーダーは、テルと呼ばれている。聞いたことはないか？」

「テル……」

賀茂は、必死で記憶をさぐっている様子だった。

赤岩が言った。

「おまえが俺に訊いたんだ。テルを知ってるか、と……」

賀茂が驚いた様子で赤岩を見た。

「それで？」

「川崎にいると思うと言った」

「それじゃあ、僕が川崎に行ったのはおまえのせいじゃないか」

「まさか、一人でテルに会いにいくとは思わなかった」

「……つーか、テルとかいう人のことをおまえに訊いたの、僕じゃないから。オズヌだよ」

高尾が尋ねた。

「オズヌはテルのことを知っていたけど、君は知らないということだな？」

賀茂は高尾を見てうなずいた。

「知りません」

「オズヌはどこでテルのことを知ったのかな？」

「それは、僕にはわかりません」

「オズヌが降りてきた状態でも、実際に行動するのは君なんだ。テルについてどこかで見聞きした記憶はないのか？」

「たしかに行動しているのは僕なんですけど……」

賀茂は困った顔になった。「オズヌがどこで何を知るかとか、何を感じるかとかは、僕にはまったくわからないんです。僕が見たり聞いたりしたとは限らないし……」

高尾が怪訝そうな顔をする。

「どういうことだ？」

「オズヌは僕の目や耳を通さないことでも、知ったり感じたりできるみたいです」

「それってつまり……」

高尾は言葉を探している。「神通力とか千里眼みたいなものか？」

「ええと……。まあ、そうかもしれません」

だとしたら、えらく便利な能力だなと、丸木は思った。しかし、本当かどうかは怪しいものだ。賀茂がテレビやネットニュースなんかでテルのことを知ったが、それを忘れてしまっているだけかもしれない。

高尾が言った。

「オズヌは何でも知るってことができるってことか……」

賀茂は首を捻《ひね》った。

「すいません。オズヌのことを訊かれても、何もわからないんです」

「しかし、君に降りてくるんだから、君に訊くしかないんだ」

賀茂は「すいません」と繰り返した。

「オズヌが降りているときは、夢の中にいるような気分だと言ったね？」

「はい。夢なんだか現実なんだかわからない状態です」

「川崎に行ったことは記憶にあったんだ」

「ええ、辛うじて……。電車に乗ったこととか、駅の名前とか、何か短い映像みたいに覚えていました」

記憶が断片的だと言いたいのだろう。

「他に何か覚えていないか？」

「何かと言われても……」

「オズヌが、テルたちに何かしたのは間違いないんだ。だから彼らは、殴り合いを始めた……」

賀茂は肩をすくめた。

「人を言いなりにする方法なら知っています」

高尾がうなずいた。

「俺もそれは知っている。相手の名前を呼ぶんだろう？」

「ええ、そうです。実名、つまり忌名《いみな》じゃないと効き目はないようですが……」

「じゃあ、テルたちにもその術をかけたということだな？」

「そうじゃないかと思います」

なんだかばかばかしい話に思えるが、丸木も実際にその場面を目撃しているので、賀茂の言葉を否定することができなかった。

「しかし……」

高尾は思案顔で言った。「おっかねえ半グレから本名を聞き出すなんて、やっぱり普通じゃないな」

その言葉に、陽子が反応した。

「そう。普通じゃないのよ」

「さっき、君は川崎に行くまでのことを、切れ切れの映像みたいに覚えていたと言った」

高尾が質問を続ける。「そんな断片的な映像が他に頭の中に残っていないか？」

賀茂は困り果てたような表情を高尾に向けた。

「そう言われても……」

それから彼は、はっと何事か思い出したような顔になった。「あ、映像じゃないんですが……」

「何だ？」

「オズヌが気にしていることが伝わってきました」

「気にしていること？」

「はい。オズヌは、ミサキのことを心配しているようでした」

丸木は思わず「えっ」と声を上げた。

皆の注目を浴びて丸木は恐縮しながら、賀茂に尋ねた。

「オズヌはどうしてミサキのことを心配していたんだ？」

賀茂はまた、首を傾《かし》げる。

「それはわかりません。でも、オズヌの気持ちが僕に伝わってきました」

丸木は高尾と顔を見合わせていた。

高尾が言った。

「オズヌが川崎に行ったことがミサキと何か関係があるのかもしれない」

陽子が言った。

「土曜日にオルタードでライブがあるって言ってたから、ミサキに訊いてみれば？」

高尾がうなずく。

「そうだな」

高尾はさらに賀茂に尋ねた。「その他に何か記憶に残っていることはないか？」

賀茂はしばらく考え込んでいたが、やがて言った。

「カツラって聞こえました」

「聞こえたって、どういうことだ？」

「ああ……。オズヌが考えていることが、頭の中で聞こえることがあるんです」

「オズヌがカツラという言葉を考えていたということか？」

「そうだと思います。僕自身は別にカツラなんて興味ないし」

高尾は陽子を見て言った。

「カツラって何だろうな？」

陽子は肩をすくめた。

「頭にかぶるかつらくらいしか思い浮かばない」

「あとは桂《かつら》の木くらいか……」

「それも、ミサキに訊いてみましょう。何か心当たりがあると言うかもしれない」

高尾が時計を見て言った。

「そろそろ十時か。じゃあ、俺たちは引きあげる。土曜日にオルタードで会おう」

「じゃあ、外まで送るわ」

「それには及ばない」

「余計なところを覗いたりしないように、見張らなきゃならないのよ」

「警察は信用がないんだな」

「学校にも立場があるのよ」

丸木と高尾は、陽子に従って校舎をあとにした。駐車スペースにある車のところにやってくると、高尾と陽子が立ち止まった。

「どうしました？」

丸木は二人に尋ねた。

高尾は陽子に言った。

「あいつら、賀茂がこの学校の生徒だってことを嗅ぎつけたらしいな」

「え……？」

丸木は、高尾の視線の先を見た。

校門の向こうに、見るからに柄の悪そうな連中がいた。見覚えがある。防犯カメラに映っていた連中だ。

「あ、テルたちですね」

陽子が言った。

「赤岩君を呼んでくる？」

「先生が生徒に喧嘩させてどうする」

「向こうは六人いるわよ。こっちは三人。勝ち目はない。でも、赤岩君がいれば話は違ってくる」

「だめだ。赤岩がここで乱闘に加わったら、俺は立場上、逮捕か補導しなければならない」

「じゃあ、どうする？」

高尾は丸木に尋ねた。

「おまえ、山手署に知り合いはいないか？」

「あ、強行犯係の主任で御子柴《みこしば》さんという人を知っています」

「電話して応援を頼め」

「え？　応援……？」

「半グレが高校に襲撃をかけるらしいと言え」

「はい」

丸木はすぐに山手署にかけた。受付が出たので、強行犯係の御子柴を呼んでもらった。

「丸木か？　何だ？」

「応援を頼みたいんです」

「応援？　何の応援だ？」

「ええと……。南浜高校はそちらの管内ですよね？」

「そうだけど」

「その高校の前に、半グレが六人ほど集まっていて、襲撃でもかけそうな様子なんです」

「半グレ六人だって？」

「テルと呼ばれているやつのグループのようです」

「テルだって？」

御子柴は驚いた声を上げた。「待てよ。おまえら、その場にいるの？」

「校門のところで、対峙《たいじ》する形になっています」

「なんでまた、テルの一派が南浜高校に……？」

「さあ。それは自分にはわかりかねます」

「相手は六人と言ったな？」

「はい」

「じゃあ、強行犯係だけじゃ心許《こころもと》ないな。よし、警備課に連絡して手が空いているやつをかき集めよう」

警備課は屈強な印象がある。事実、剣道や柔道といった術科の特練は、警備部や警備課に多い。

丸木は言った。

「よろしくお願いします」

「それまで、やつらには絶対に手を出させるな」

そんなこと、約束はできない。だが、ここは「わかりました」と言うしかない。

電話が切れると、丸木は高尾と陽子に言った。

「強行犯係だけじゃなくて、警備課にも応援を頼むと言ってました」

「問題は、応援がどれくらいでやってくるかだな」

「自分たちが行くまで、テルたちに、絶対手出しをさせるなと言ってました」

「じゃあ、何とかするしかないな」

「あいつらが暴れだしたらどうするんです？」

丸木は、心底心配になって、誰とはなしにつぶやいていた。

高尾が言った。

「体を張って、南浜高校を守るんだ」

「え？　そんな義理、ないんじゃないですか？」

「義理とか言ってんじゃねえよ。警察官だろう」


パトカーのサイレンが聞こえてきたのは、それから五分ほど経《た》ってからだった。

サイレンが近づいてきたと思ったら、校門のすぐ近くにまずパトカーが一台停まった。山手署のパトカーだ。

それから、紺色に塗られたワンボックスカーが一台。警備関係がよく使用する車だ。もちろん赤色灯やサイレンアンプを搭載している。

高尾と陽子は校門に立ち、半グレたちを見据えていた。相手は六人だが、一歩も引かないという決意を感じた。

テルたち六人も見返してくる。彼らは相手が誰だろうとおかまいなしなのだ。何せ、半グレは、ヤクザも警察も恐れないと言われている。

丸木は生きた心地がしなかった。

高尾といると、いつもこういうトラブルに巻き込まれる。

パトカーがやってきて駐車すると、ようやくテルたちの様子に変化が見えた。彼らは、警察車両が次々と到着するのを眺めていた。

車の中から、半袖のシャツ姿の男たちが姿を見せる。彼らは駆け足でやってきて、校門の前に並んだ。その人数は十人だ。その中に御子柴の姿があった。

高尾が彼らに歩み寄る。丸木はそれに従った。高尾と丸木を加えれば十二人。テルたちのグループの倍ということになる。

丸木は御子柴に言った。

「どうも、すみません。恩に着ます」

「マジでテルじゃないか」

「彼をご存じですか？」

「横浜・川崎の強行犯係やマル暴はみんな知ってるよ」

「有名人なんですね」

「ところで、そのテルが何で、南浜高校の生徒にちょっかいを出すんだ？」

「それを今、調べている最中なんです」

半グレたちのほうを見ると、テルが仲間の一人と、何事か言い合っている。それからほどなく、彼らはその場を去っていった。

テルが去り際に、高尾に鋭い視線を向けていた。いっぱしの悪党の目つきだと、丸木は思った。

半グレがいなくなると、丸木は大きく息をついた。

「あれえ、俺たち、何のためにここに来たのかなあ？」

御子柴のその言葉に、丸木は平身低頭だ。

「あ、すいません。でも、本当に危険な状態だったんです」

二人の間に、高尾が割り込んだ。

「応援を呼べと言ったのは、俺なんだ」

御子柴が尋ねる。

「あんたは？」

高尾が名乗ると、御子柴は言った。

「あ、『仕置き人』か」

「あんたらが来てくれなければ、俺たち、本当にヤバかったかも……」

「『仕置き人』を助けたとなれば、箔《はく》が付くよなあ」

御子柴が言った。「まあ、何事もなくてよかった。じゃあ、俺たちは引きあげるぜ」

丸木はもう一度礼を言った。

6

警察官たちが去ると、陽子が言った。

「応援を呼ぶとはね……」

高尾がこたえた。

「組織力が警察の最大の強みなんでね。見栄《みえ》を張って怪我《けが》をするより、仲間に助けを求めるほうがいい」

「わかってる。警察には昔、ずいぶん痛い目にあったから……」

「俺たちはこれで引きあげるが、何かあったらすぐに連絡をくれ」

「そうする」

車に乗り込むと、丸木は高尾に尋ねた。

「これからどうします？」

「取りあえず、本部に戻ろうか……」

高尾が車を出して校門の外に向かった。陽子は車を見送っていた。

「テルたちが周囲にいないか気をつけてくれ」

高尾にそう言われて、丸木は慌ててあたりを見回した。

「彼らの姿はありませんね……」

「そうか」

そのとき、高尾の携帯が振動した。

丸木は言った。

「運転しながら電話するのはやめてくださいよ」

「わかってる」

高尾は車を道の端に寄せて停め、電話に出た。会話はすぐに終わり、電話を切った高尾が言った。

「藤田からだ。テルたちが、地元のギャングと対立していたという情報があったそうだ」

「地元のギャング？」

「川崎区を根城にしている不良どもだ。少年も交じっているだろうから、俺たちの守備範囲かもしれないぞ」

「日本人なんですか？」

「詳しいことはわからない。そういうときは、現場に詳しいやつに話を聞くに限る」

「川崎署ですか？」

「行き先変更だな」

高尾が車を出した。


「また来たの？」

川崎署強行犯係の江守が目を丸くした。驚いているというより、あきれている様子だ。

「地元のギャングに詳しいやつを知らないか？」

「ギャングなら、俺もそれなりに詳しいけど……」

「それなりじゃ困るんだ」

「何が訊きたいんだ？」

「テルたちが対立していたギャングだ」

「テルたちが対立していた……？」

「本部のマル暴から聞いた話だ。出所は川崎署の暴対係とかじゃないかと思うんだが……」

「ちょっと待ってくれ」

江守は警電で誰かと連絡を取った。彼は受話器を置くと言った。

「暴対係のやつが会ってもいいと言っている」

「行ってみよう」

暴対係は、強行犯係とは別の課にあった。強行犯係は刑事第一課で、暴対係は第二課だった。

その島を訪ねると、精悍《せいかん》な感じの男が待っていた。年齢は江守や高尾と同じくらいだ。

江守が紹介した。

「暴力犯対策係の細田隆次《ほそだりゅうじ》巡査部長だ。俺とは同期でな」

そして、江守は細田に高尾と丸木を紹介した。

細田が言った。

「テルと対立しているギャングが知りたいんだって？」

「ああ。できるだけ詳しいことが知りたい」

「本部の少年捜査課が、テルやギャングに何の用だ？」

「ギャングの中に少年がいるかもしれない。そうなれば、俺たちの出番だ」

細田はばかにしたような苦笑を洩らす。

「連中がどんなやつらか知っているのか？」

「知らないから教えてほしいと言ってるんだ」

「どこから聞いた話だ？」

「本部のマル暴だ」

「組対本部か？」

「そう。暴力団対策課だ」

「ふん。本部にしちゃよく知ってるじゃないか」

「情報の出所は、川崎署なんじゃないのか？」

「そうだよな。中央のやつらは、末端から情報を吸い上げるだけ吸い上げておいて、結局何にもしない」

「耳が痛いな。だが、本部は本部でやることがたくさんあるんだ」

「お役所仕事のことか？　……で、ギャングのことを知ってどうする？」

「わからない」

「わからないだって？　行き当たりばったりで、俺に話を聞きにきたってのか？　ばかにするなよ」

丸木は、話の雲行きが怪しくなってきたので、ひやひやしていた。話の流れからすると、どうやら細田は県警本部に対してあまりいい印象を抱いていないようだ。

高尾が言った。

「どうしたらいいかわからないから、正直にこたえただけだ。テルのグループを調べはじめたのは、やつらが、横浜市内にある高校の生徒にちょっかいを出そうとしているらしいからだ」

細田が猜疑心《さいぎしん》に満ちた眼を高尾に向けている。

「テルが高校生にちょっかいを……？　どこの高校だ？」

「南浜高校だ」

「南浜高校？　すると、テルがちょっかいを出そうとしている相手は、赤岩猛雄か？」

「惜しいな」

「惜しい……？」

「狙われているのは、赤岩の友達だ」

「友達？　自分の配下ということか？」

「赤岩は足を洗ったんだよ。今はただの高校生だ」

本当にただの高校生だろうか。丸木は疑問に思った。

「そいつの名前は？」

「賀茂晶」

高尾があっさりとその名を教えたので、丸木は驚いた。もっと、もったいぶるだろうと思っていたのだ。

「どんな字を書くんだ？」

高尾が説明すると、細田はそれをメモして、後輩らしい捜査員に手渡した。その捜査員は、メモを片手にその場をあとにした。

その様子を眺めていた高尾が言った。

「賀茂のことを洗っても、何も出ないと思う」

細田は肩をすくめた。

「ダメ元で当たってみるのが、警察官ってもんだろう」

「そりゃそうだが……」

「賀茂とあんたとは、どういう関係だ？」

「彼は情報源だ」

「情報源もピンキリだろう。上級の情報源なら、警察庁のゼロに登録して守ってもらうこともできる。だが、多くは公安関係だぞ」

「ギャングの中に少年がいれば、俺たち少年捜査課の情報源になってくれるかもしれない」

細田は笑った。

「サムだ」

高尾が聞き返した。

「何だって？」

「そのギャングのリーダーだ。あんたが言うとおり、そいつは少年だ。十八歳だよ」

「サムってのは本名なのか？」

「いや。本当は修《おさむ》というらしい。サントス修というのが本名だ。サムをサポートしているのが、ハル、十七歳。本名はレイエス春彦《はるひこ》。そして、ガビ、十六歳。ガビの本名はガブリエル・ドミンゴ。最後がリョウ、二十歳だ。本名は島田《しまだ》遼太郎《りようたろう》。島田は、中国残留邦人の三世だ」

「外国人か……」

高尾がつぶやくと、細田が食ってかかった。

「中国残留邦人は、れっきとした日本人だよ」

高尾が負けじと言った。

「だが、日本語を話せず、日本の社会にも馴染《なじ》めない者が多いんじゃないのか？」

細田が眼をそらした。そして、負け惜しみのような口調で言った。

「だが、彼らは日本人なんだ」

高尾が肩をすくめた。

「わかった。しかし、外国人中心のギャンググループに入ったというのは、何か事情がありそうだ」

「そう」

細田が言う。「事情がなければ、ギャングなんかにならないだろう」

「テルの仲間は、そのサムたちと抗争かなんかをやっているわけか？」

「半グレたちは、不良外国人たちから体を張って日本の国民を守っているんだと言い張っている」

「やつらが言いそうなことだ」

「それを支持するやつらもいる。外国人を差別するような連中が、ネット上でテルたちを持ち上げてるんだ」

「そのサムたちには、どこに行けば会える？」

「会ってどうする気だ？」

「話が聞きたい」

「やつら、警察官と話なんてしないよ」

「会ってみなければわからない」

細田が嘲るように言う。

「あんたらが普段相手にしている日本の不良どもとは訳が違うんだ」

高尾が笑みを浮かべる。

「そういうあんたに、かつての赤岩がどんなだったか見せてやりたい」

赤岩の名前を聞いて細田は表情を変えた。赤岩の名前の効果に、丸木は驚いていた。

細田は高尾を見据えて言った。

「少なくとも赤岩は、日本語を話すだろう？」

「日本語……？」

「そうだ。サムたちには日本語が通じないということだ。日本語がわかっていても、やつらは通じないふりをする」

高尾と丸木は顔を見合わせた。

高尾が細田に言った。

「どこにいるのかだけでも知りたい」

「本気で言ってるんだな？」

「どうしてそんなことを訊く」

「サムたちは、気に入らないことがあれば、相手が警察官だろうが何だろうが、すぐに刺す」

丸木は嫌な気分になった。できれば、そんな連中に近づきたくはない。

高尾が言った。

「そういう話を聞くと、ますます本気になるな」

細田は、ふんと鼻で笑ってから言った。

「じゃあ、案内してやろうじゃないか」

「地名を教えてくれるだけでいい」

「いや。へたなことをして殉職でもされたら寝覚めが悪い」

すると、江守が言った。

「俺も付き合うよ。人数が多いほうがいいだろう？」

細田が江守に言った。

「物好きだな」

「もともと、うちが赤岩を挙げたのが端緒だったんだ」

細田がむっとした顔になった。

「何だと？　やっぱり赤岩が関わっていたんじゃないか」

「知らなかったのか？　テルのグループが乱闘をして、それに関与している疑いで逮捕した。この人たちがやってきて、赤岩の身柄を持っていった。その後、すぐに逮捕は取り下げたけどね」

細田が険しい顔を高尾に向けた。

「赤岩の身柄を持っていった……？」

「別に、本部に引っぱったわけじゃない。高校の教師に預けたんだ」

細田がかぶりを振った。

「訳がわからない。逮捕された被疑者の身柄を持っていって、高校教師に預けただって？　それが少年捜査課のやり方なのか？　めちゃくちゃだな」

「だが、それで今のところ丸く収まっている」

細田が江守に尋ねる。

「そうなのか？」

江守が肩をすくめた。

「赤岩の容疑を証明するものは何もなかったんだ」

白けた表情になった細田が言った。

「とにかく、出かけようか……」

丸木たち四人は、ＪＲ川崎駅の東口にやってきていた。

江守が丸木と高尾に言った。

「このあたりが繁華街だ。細い路地が交差していて、場所によってはかなり治安が悪い」

細田が歩きながら言った。

「この通りが仲見世《なかみせ》通りだ。交差しているあの通りが銀柳街《ぎんりゅうがい》。サムたちは、銀柳街でよく見かける」

細田が言った通りはアーケードになっていた。仲見世通りには屋根がない。物騒な話を聞いたばかりなので、丸木は銀柳街には近づきたくなかった。

高尾が言った。

「行ってみよう」

丸木はそっと溜め息をついた。

細田が先頭だった。その次に高尾と丸木。江守がしんがりだった。

ちょうど昼時のアーケード街は賑《にぎ》わっている。道の両側には商店だけでなく、カラオケ店やネットカフェも軒を連ねている。

丸木は高尾に言った。

「別に普通の商店街ですよね」

それに対してこたえたのは細田だった。

「真っ昼間だからな。暗くなると、とたんに雰囲気が変わる。そして、夜中は絶対に一人歩きなんかできなくなる」

高尾が「へえ」と言う。

しばらく行くと、また細田が言った。

「このあたりは、まっすぐ前を向いて歩いてくれ」

高尾はただ「わかった」とだけこたえた。

丸木もその言葉に従おうと思った。だが、好奇心に負けて、左手にあるカラオケ店のほうをちらりと見た。

店の前に二人の若い男が座っていた。どちらも浅黒い肌をしており、日本人でないことが一目でわかった。

その眼を見て、丸木はぞっとした。見たことのないような凶悪な眼をしている。

丸木は慌てて眼をそらし、まっすぐ前を向いて歩いた。

アーケードを抜けると、片側三車線の車道に出た。細田が言った。

「新川《しんかわ》通りだ。銀柳街には引き返さないほうがいい。行ったり来たりすると、ギャングたちの反感を買う恐れがある」

高尾が尋ねた。

「ひょっとして、カラオケ屋の前にいたのが、サムか？」

細田がうなずいた。

「そうだ。サムとハルだ。やつらはもう、あんたらの顔を覚えたはずだ」

高尾が言った。

「じゃあ、今日のところはこのまま引きあげるか」

細田が言った。

「署に戻ろう。こっちから訊きたいこともある」

川崎署の暴対係に戻ると、高尾が細田に言った。

「訊きたいことって何だ？」

「テルたちと、赤岩や賀茂とかいうやつの関係だ」

「そいつは俺のほうが聞きたい」

「賀茂がちょっかいを出されるかもしれないと言っていたな？」

「実はつい先ほど、テルのグループが南浜高校にまでやってきて、我々と一触即発の雰囲気になった」

「我々って、誰のことだ？」

「山手署に応援を頼んだんだ」

「山手署……？」

「南浜高校は山手署の管内にある」

「それで……？」

「テルたちは引きあげた」

細田が思案顔になった。

「いったい、何が起きているんだ」

「俺たちは、それが知りたいんだ」

細田はしばらく無言で何事か考えていた。

江守が細田に言った。

「俺もすっきりしないんで、テルたちのことは調べたい」

細田が江守に聞き返す。

「すっきりしない？」

「そうだよ。赤岩とテルたちとの間に何かあったことは事実なんだ。テルの仲間が倒れているところに、赤岩が立っていたんだからな。だが、赤岩が何かをやった証拠がまったく見つからない」

高尾が言った。

「こりゃあ、手を組むしかないんじゃないか」

細田はまだ何か考えている。

高尾がさらに言う。

「サムたちに何とか話を聞けないものかな……」

細田が言った。

「警察には無理だ」

「警察には？」

高尾が尋ねる。「警察じゃない誰かなら可能だということか？」

「サムたちと関わりのある保護司がいるようだ」

「保護司……？　何者だ？」

細田が息を吐き、同時に肩から力を抜いて言った。

「調べておくよ」

7

丸木と高尾は、川崎署をあとにして神奈川県警本部に向かった。到着したのは、午後三時頃のことだ。

駐車場に車を入れると、高尾が言った。

「係長がいるかどうか、見にいってくれ」

「え……？」

丸木は思わず高尾の顔を見た。「高尾さんは戻らないんですか？」

「電話で連絡をくれ。係長がいたら、俺はどこかにずらかる」

「そんな……。別に悪いことをしているわけじゃないんだし……」

「だからだよ」

「だから？」

「悪いことなんかしてないのに、係長はああだこうだと言ってくるだろう。それがうっとうしいんだ。だから、顔を合わせたくない」

「僕だって顔を見たくないですよ」

「いいから行ってこいよ。そして電話をくれ」

どうせ席に戻らなければならないのだ。丸木は車を降りて、生活安全部の少年捜査課に向かった。

そっと係の様子をうかがい、席に着くと丸木は高尾に電話した。

「どうだ？」

「係長、いませんよ。課長が招集する係長会議らしいです」

「会議なら、しばらくは戻らないな」

電話が切れてから五分後に、高尾がやってきた。

「行動計画書や報告書を出していないからな。また何か言われかねない」

「さっさと書いて出したほうがいいですよ」

「おまえが書けよ」

「え……？」

「え、じゃねえよ。そのためのペアだろう」

「そういうのペア長がやってくださいよ」

「それにしても、サムってのはヤバそうだったな」

高尾はさっさと話題を変えた。丸木はこたえた。

「一瞬見ただけでしたけど、ぞっとするような目つきでしたね」

「細田が言ったとおり、ちょっとやそっとじゃ話を聞けそうにないな」

「保護司の話ですけど、本当に調べてくれると思いますか？」

「細田のことか？　そりゃ調べてくれるだろう」

「そういうところがわからないんですよ」

「何がだ？」

「場数踏んでる高尾さんが、簡単に細田さんのことを信じるのが、です。細田さんって、自分らに反感を持っているようだったじゃないですか」

「反感持ってようが何だろうが関係ない。調べると言ったんだから調べるだろう。俺は警察官を信じるんだ」

ますますわからないと丸木は思う。

妙に斜に構えているかと思うと、こうしてとてもまっとうなことを言う。彼なりの基準があるのだろうが、その基準が何なのか丸木には理解できない。

「しかしなあ……」

高尾が言う。「いくら保護司だって、サムたちには太刀打ちできないんじゃないか?」

「どうでしょう」

「誰の言うことも聞かないんじゃないのか。世の中のすべてを呪っているようなやつらだ」

それについては、高尾の言うとおりかもしれないと、丸木は思った。

仕事柄、これまで多くの非行少年を見てきた。彼らに共通しているのは怒りだ。常に苛立《いらだ》ち、怒っている。

特に警察官に対しては強い憎しみを抱いていることが多い。

「警察官はだめでも保護司なら、と考えることもできます」

「警察は敵で保護司は味方だとでも言いたいのか?」

「ええ、まあそういうことですが……」

「やつらにしてみれば、どっちも同じようなもんだ。自分たちを檻《おり》に閉じ込めようとしている連中だと思っているだろうからな」

「あまり関わりたくないやつらですね」

「ばか言え。そういう少年と関わるのが、俺たちの仕事だろう」

この人は本当に、真面目なのか不真面目なのかよくわからない。丸木はそんなことを思っていた。


午後五時を過ぎた頃、高尾が電話を受けた。

「水越先生からだ」

「何かあったんですか?」

「また賀茂の姿が見えなくなったそうだ」

「え……」

「南浜高校に行くぞ」

幸いまだ係長は戻って来ていない。二人は駐車場に向かった。

校門の外のいつもの場所に駐車して待っていると、陽子と赤岩がやってきた。彼らが後部座席に座ると、高尾が尋ねた。

「賀茂がいなくなったって、いつのことだ?」

「授業中はいたわ」

陽子がこたえた。「放課後に、どこを捜してもいないって、赤岩君が……」

高尾が赤岩に尋ねた。

「校内にいないということか?」

「校内にも自宅にもいない。電話にも出ない」

「テルたちの姿は見かけたか?」

「いや。見ていない」

陽子が言う。

「あいつらに連れ去られたわけじゃなさそうね」

正面に向き直ると、高尾が言った。

「行き先は見当がつく」

「どこなの？」

「川崎の銀柳街だ。オズヌはあのあたりを気にしているらしい」

「オズヌが降りてきたということ？」

陽子の問いに高尾がこたえる。

「テルたちの仕業じゃないんだろう。だったら、それ以外に、賀茂が姿を消す理由は考えられないだろう」

「……で、どうする？」

高尾が肩をすくめた。

「しょうがない。行ってみるさ」

丸木は嫌な気分になった。銀柳街で見かけたサムたちのことを思い出したからだ。もうじき日が暮れる。夜は彼らの時間だ。

陽子が言った。

「じゃあ、私たちも行くわ」

高尾がきっぱりと言った。

「だめだ。危険なやつらがいる」

「だったらなおさら、赤岩君がいっしょのほうがいいでしょう」

「だから、生徒に修羅場踏ませるなって言ってるだろう。ここは警察に任せてくれ」

「二人には任せられない」

「テルのときみたいに、応援を呼ぶから心配するな」

しばらく無言の間があった。陽子は考えているのだろう。丸木は前を見ていたのでわからなかったが、もしかしたら赤岩と顔を見合わせているのかもしれないと思った。

やがて、陽子が言った。

「わかった。連絡を待ってる」

「賀茂を確保したらどこに連れていけばいい？」

「オルタードで落ち合いましょう」

「了解だ」

陽子と赤岩が車を降りた。それを確認してから、高尾が車を出した。


「江守に連絡しておけ」と高尾に言われて、丸木は電話した。

「はい、江守……」

「あ、これからそちらをお訪ねします」

「またかよ。こっちも忙しいんだけどね……」

「すいません。例の高校生がまたいなくなりまして……」

「例の高校生って、赤岩のこと？」

「いや、その友達です」

「しょうがないな。わかった。待ってる」

電話を切ると丸木は言った。

「こっちも忙しいんだって言ってました」

「言わせておけ」

川崎署に着いたのは、午後五時半を回った頃だった。夏なので日の入りは七時頃だが、そろそろ日が暮れてくる。

夜の銀柳街には近づきたくないなと、丸木は心底思っていた。だが警察官は、どんな危険な場所にも足を踏み入れなければならない。

どうして警察官になんてなってしまったのだろうと、丸木は時々思う。最初にそう思ったのは、警察学校の訓練が始まったときだ。

同じ公務員でももっと楽な仕事があったはずだ。そう思ったときにはもう遅かった。訓練から逃げ出すこともできずに、何とか卒業し、職場実習も終えて、今日までやってきた。

おそらく高尾は、警察官になって後悔したことなどないだろう。そんなことを思いながら、強行犯係に向かった。

そこには江守だけでなく、細田の姿もあった。

江守が言った。

「俺だけ割食うのは悔しいんで、細田も巻き込んでやれと思ってな」

細田は相変わらず不機嫌そうだ。

高尾が言った。

「そいつは助かる。これから銀柳街に行きたいんでな。人数が多いほうがいい」

江守が目を丸くし、細田が舌打ちした。

「銀柳街だって……?」

江守が聞き返すと、高尾がこたえた。

「賀茂はそこに行ったんじゃないかと思う」

細田が言う。

「そいつは自殺願望でもあるのか? テルと関わったり、銀柳街に出かけたり……」

「まあ、たしかに一度、自殺未遂をやらかしているが……」

江守と細田が顔を見合わせた。

高尾に視線を戻すと、細田が言った。

「その賀茂ってやつが姿を消したのは、いつのことだ?」

「放課後だってことだ」

「なら、急いだほうがいいな」

細田が出かけようとすると、高尾が言った。

「四人じゃ心許なくないか? 活《い》きのいいのをあと二、三人連れていっちゃどうだ?」

「何人いたって、サムたちが相手なら同じだよ。喧嘩になるまえに逃げるしかないんだ」

細田が付け加えるように言った。「それに、『仕置き人』がいりゃ、助《すけ》っ人《と》なんていらないだろう」

細田が高尾の異名を知ったのはいつのことだろう。昼間に銀柳街から戻って、高尾のことを調べたのだろうか。

あるいは、もともと知っていたのかもしれない。『仕置き人』と呼ばれる高尾がどれほどのものか様子を見てやろうとでも思っていたのではないか。

丸木は後者のような気がした。

暗くなると、銀柳街の雰囲気は一変していた。商店街なので、人通りはそれなりにあるが、明らかに危険な臭いがすると、丸木は思った。

丸木たちは縦一列になって道を進んだ。先頭は細田、その次が高尾。その後が丸木で、しんがりが江守だ。

例のカラオケ屋の前には、昼間と同様に浅黒い肌の若者が二人いた。細田がサムとハルだと言っていたが、どちらがサムでどちらがハルなのかはわからない。

彼らは誰かと話をしていた。高校の制服を着ている。賀茂だった。

高尾が立ち止まった。すると、細田が言った。

「やめろ。関わるな」

「賀茂がいるんだ」

「賀茂だって……」

細田があらためて、サムたちのほうを見る。二人の若者は丸木たちのほうに、凶悪な眼差《まなざ》しを向けてくる。

メンチを切ってくる非行少年は何度も見たことがあるが、それとはまったく違う。丸木はこの二人の目つきに心底ぞっとした。

細田が「すぐに刺す」と言っていたが、その一言が実にリアルに感じられた。

高尾と細田が立ち止まったので、丸木と江守も歩みを止めるしかなかった。四人は若者たちとカラオケ屋の前で対峙するような恰好《かっこう》になった。

「喧嘩になるまえに逃げるしかない」と細田が言っていたが、すでに逃げ出すタイミングなのではないかと丸木は思った。

高尾が言った。

「賀茂、こんなところで、何をしてる?」

サムたちが振り返って、背後にいる賀茂のほうを見た。

賀茂はただ高尾を見返すだけで何もこたえない。

高尾がさらに言った。

「水越先生や赤岩が心配しているぞ」

すると、若者たちの一人が何か言った。英語でもスペイン語でもない。おそらくタガログ語だろう。凶悪な表情を見ると、だいたい何を言ったのかわかる。

「あっちへ行け」というような内容だろう。

高尾はその若者をなだめるように両手を掲げて言った。

「そこにいる高校生は俺たちの知り合いだ。できれば連れて帰りたい」

若者たちは高尾を睨《にら》みつけた。

周囲の空気にびりびりとした殺気がみなぎる。強く静電気を帯びているようで、何かに触れたら火花が飛びそうだった。

高尾がもう一度、賀茂に語りかけた。

「いっしょに来てくれ。訊きたいことがある」

賀茂が口を開いた。

「水越先生とぅ赤岩ぱ、前鬼、後鬼のことやある」

オズヌだ……。丸木は思った。

高尾が言った。

「そうだ。前鬼と後鬼だ。会いたがっている」

「ワにみまくほりすと……」

「だから、いっしょに来てくれ」

賀茂は高尾のほうに向かって一歩踏み出した。

すると、若者の一人が何か言った。やはり言葉がわからない。

賀茂がその若者に言った。

「ワいかむ。またいとぅぬひにかまみえむ」

そして、歩き出したが、若者たちは何も言わなかった。

高尾が賀茂とともに来た道を引き返した。丸木はその後に続いた。すぐうしろに江守がいる。今度のしんがりは細田だった。


川崎署の強行犯係に戻ってくると、江守が言った。

「おい。見に行くだけって約束じゃなかったか？」

高尾がこたえる。

「そんな約束はしていない。賀茂を捜しにいくと言ったんだ」

細田が渋い顔で言った。

「それにしても、サムとハルに声をかけるとはな……」

高尾が言う。

「俺は賀茂に声をかけたんだ。あの二人に話しかけたわけじゃない」

細田がさらに渋い顔になる。

丸木は尋ねた。

「しゃべっていたほうがサムですね？」

「そうだよ」

「彼らが話していたのはタガログ語ですか？」

「そうだ。やつらは、俺たちとのコミュニケーションを拒否するために、日本語も英語も使おうとしない」

「話せないわけじゃないんですね？」

「たぶん、日本語も英語も話せる。……というか、あいつ、日本語がネイティブのはずだ。日本で育ってるからな」

「そうなんですか？」

「ああ。川崎育ちだよ。母親がフィリピン人なんで、タガログ語が話せるんだ」

「父親は？」

「さあな。エリザベス・サントスはシングルマザーだ」

「それがサムの母親の名前ですね？」

「そうだ」

賀茂は黙って警察官たちの話を聞いている。いや、何も聞いていないかもしれない。どこか遠くを見ているような眼をしている。

高尾が賀茂に尋ねた。

「あそこで何をしていた？」

「なにそした？」

賀茂が聞き返したようだが、何を言っているのかわからない。

丸木は言った。

「もしかして、賀茂君もタガログ語を使っているのでしょうか？」

高尾が言った。

「いや、たぶんこれ、飛鳥時代の言葉だろう？　そうだな？」

高尾に訊かれて、賀茂がこたえた。

「ワぱアがくとぅばかたら……」

そこまで言って、言い直した。「ワはアが言葉を語っておった。ナの言葉を使うのを忘れておった」

細田と江守が眉をひそめている。細田が高尾に尋ねた。

「こいつ、何を言ってるんだ？」

「いつもは、できるだけ俺たちの時代の言葉を話そうとしているんだけど、それを忘れていたと言ってるんだ」

「俺たちの時代の言葉……？」

「彼は飛鳥時代の言葉を話す」

細田と江守が顔を見合わせた。

江守が言った。

「最近の高校生ってのは、そういう妙なことをやるのか？」

「話せば長くなるが、聞きたいか？」

細田がこたえる。

「聞く価値があるんならな」

丸木は高尾に言った。

「どうせ信じてもらえませんよ」

すると、細田が言った。

「信じるかどうか、まず話してみろよ」

「役小角って知ってるか？」

細田が怪訝そうな顔でこたえた。

「修験道《しゅげんどう》の行者だろう？　たしか、吉野の千本桜を植えたんだよな」

高尾は説明を始めた。二人のどちらかが、あるいは両方が、途中でばかばかしいと怒り出すのではないかと、丸木ははらはらしていた。

だが、意外なことに、細田も江守も黙って高尾の話に聞き入っていた。

8

話を聞き終えると、細田が高尾に言った。

「自殺未遂をきっかけに、役小角が降りてくるようになったって？」

高尾はうなずいた。

「そうだ。いつ降りてくるのか、誰にもわからない。賀茂本人にもわからないし、オズヌが降りている間の記憶はあまり残っていないようだ」

「じゃあ、今は賀茂君じゃなくてオズヌだということだな？」

「そうだ。だから、言葉が通じにくい。彼はかなり現代語を覚えたと言っているが……」

「ふざけてるんじゃないよな？」

「真面目に説明しただろう」

「与太話だってこともあり得る」

「あんたら相手に与太話を聞かせて、俺に何の得があるんだ」

細田はしばらく考えてから江守に尋ねた。

「どう思う？」

江守はこたえた。

「防犯カメラの映像を見てなきゃ、鼻で笑っただろうな」

「防犯カメラの映像……？」

江守は、テルたち半グレが乱闘をしている中を悠然と通り抜ける賀茂の姿が防犯カメラに映っていたことを、細田に説明した。

細田はまたしばらく考え込んでから言った。

「俺もな、とんだ与太話だと笑い飛ばしたいが、賀茂君がサムやハルの前で平然としていたのをこの眼で見ているからな……」

高尾が言った。

「にわかに信じられないのはわかる。この丸木は、賀茂との付き合いが長いが、いまだに信じていないようだ」

「いや、だって……」

丸木は言った。「常識で考えればそうでしょう」

「おまえの常識なんて、猫の額より狭いんだよ」

「猫の額って狭いんですか？」

「知らんよ。慣用句だろう」

「本当に、不思議な力を持っているんだな？」

細田が高尾に尋ねた。高尾が聞き返す。

「信じるのか？」

「信じるかどうかより、本当に不思議な力があるかどうかが問題だ」

「あるよ」

高尾ははっきりとこたえた。「俺は何度も目撃している。賀茂は……、いやオズヌは時に誰でも言いなりにしてしまうし、時に千里眼のように物事を察知する」

「誰でも言いなりに？」

「ああ。おそらくテルたちが仲間同士で殴り合いを始めたのも、そのせいだろう」

細田と江守は同時に賀茂のほうを見た。賀茂は我関せずと涼しい顔をしている。

「そして……」

高尾が言った。「オズヌは明らかに川崎を気にしている。日を置かず、二度も一人で訪ねてきたんだ」

「だったら」

細田が言った。「さっさとその理由を尋ねたらどうだ？」

高尾は賀茂に言った。

「川崎に何をしに来たんだ？　おっと、飛鳥時代の言葉は勘弁してくれ。できるだけ、俺たちの時代の言葉で頼む」

賀茂が言った。

「つとめてナの言葉で語る。カワサキとは何ぞ？」

「川崎はこの土地のことだ。あんたは川崎にやってきて、テルたちに会ったり、サムたちに会ったりしている。目的は何だ？」

「テルというのは、輝雄のことか？」

それにこたえたのは江守だった。

「そうだ。金井輝雄だ」

「サムというのは、修のことか？」

それにこたえたのは細田だ。

「そう。サントス修」

賀茂は高尾を見て言った。

「言葉を交わすために来た」

「言葉を交わす？」

高尾が尋ねる。「言葉が通じるのか？」

「うまくゆかぬ。一言主《ひとことぬし》の力がいる」

「ヒトコトヌシ……？」

「ワが一族は一言主を祀《まつ》っている」

「まつる……？　信奉しているということだな……。じゃあ、ヒトコトヌシってのは神様か。しかし、テルやサムとあんたが祀っている神様と何の関係が……？」

「言葉を交わすのは簡単ではない」

「そりゃそうだろうが……。現に俺たちとも話が通じていないぞ」

高尾は丸木を見て言った。「おまえ、わかるか？」

丸木はかぶりを振った。

「わかるわけないでしょう」

「つまり、彼は、テルやサムたちと話がしたかったと、そう言っているわけだな？」

細田がそう言い、高尾がうなずいた。

「そうだな」

「何を話そうとしたんだ？　半グレやギャングに憧れてインタビューでもしようとしたのか？」

賀茂がゆっくりと細田のほうを見た。細田は驚いた様子で賀茂を見返した。

賀茂が言った。

「面白いことを言う」

「お……」

細田が目を丸くする。「こっちの言っていることはわかっているようだな」

「わかる」

細田が尋ねる。

「じゃあ訊くが、へたをしたら殺されるかもしれないのに、いったい何を話しに行ったんだ？」

「殺されなどはしない」

「わからんぞ。相手が相手だ」

「だが、輝雄や修のともがらは死ぬかもしれない」

細田が聞き返す。

「テルのグループとサムのグループが対立していることを知っているんだな?」

「知っている」

「まさか……」

江守が言った。「やつらの対立を解決しようとしているんじゃないだろうな」

細田が江守に言う。

「ばか言え。川崎署が……、いや神奈川県警が必死になってかかってもどうしようもない連中なんだ」

高尾が賀茂に尋ねた。

「本当に彼らの対立を解決しようとしているのか?」

賀茂はこたえた。

「それは一言主の役目だ」

高尾が眉をひそめる。

「どういうことだ?」

「ワにもまだわからない」

「わからない? 何がわからないんだ?」

賀茂はその問いにはこたえなかった。

「わけがわからん」

細田が言った。高尾がそれにこたえた。

「それは俺たちも同じだ」

江守が言う。

「だが、まあ……。あんたらが捜していた少年が無事だったことは確かだ。誰かに知らせなくていいのか？」

そう言われて気づいた。丸木は高尾に言った。

「水越先生に知らせたほうがいいですね」

「おまえ、電話しておけ」

丸木は言われたとおりにした。

賀茂は無事だったと告げると、陽子は意外にあっさりと、「あら、そう」と言った。

「今、川崎署でいっしょにいます」

「じゃあ、オルタードで会いましょう」

「わかりました」

電話を切ると丸木は、高尾に陽子の言葉を伝えた。

「じゃあ、俺たちは行く」

高尾が江守と細田に言った。「面倒かけたな。今後はもうこういうことはないと思う」

すると細田が言った。

「これっきりということか？」

「ああ、なるべく迷惑はかけないよ」

「それはないだろう」

高尾と丸木は同時に細田の顔を見た。

高尾が尋ねた。

「どういうことだ？」

「テルやサムに、オズヌが何をしようとしたのか。また、これから何をするのか。知らずにいるわけにはいかない」

「ええと、つまりあんたは、オズヌのことを信じているということか？」

「さっきも言っただろう。信じるかどうかより、本当に不思議な力があるかどうかが問題だって。そんな神通力にも頼りたくなるってもんだ」

江守が付け加えるように言った。

「それくらい、あの半グレやギャングには手を焼いているってことだよ」

高尾が言った。

「また川崎署に迷惑をかけることになるかもしれない」

細田がこたえる。

「毒食らわば何とやらだよ」

「わかった。また連絡する」

高尾と丸木は、賀茂を連れて川崎署を出た。


本牧のオルタードに着いたのは、午後七時半だった。ちょうどステージが始まったところらしく、店内に大音響があふれていた。

オーナーの田崎は丸木たちに、奥に行くように言った。奥の事務所に行くと、そこに陽子と赤岩がいた。

賀茂と感動の再会というわけにはいかなかった。

陽子は賀茂の様子を見て言った。

「オズヌなのね？」

「ああ。物騒なギャングに会いにいっていた」

高尾がこたえた。

「ギャング？」

「まだ少年だが、いっぱしの悪党の面構えだった」

陽子が賀茂に尋ねた。

「そこで何をしていたの？」

賀茂がこたえる。

「言葉を交わしていた」

「話をしていたというの？　何のために？」

「ただ、言葉を交わしていた」

陽子は説明を求めるように高尾を見た。

高尾が言った。

「当然だが、話は通じなかったらしい。それで、ヒトコトヌシがどうのと言っていたんだが……」

「一言主……」

陽子が言った。「神様の名前ね」

「ああ。オズヌたちが祀っていると言っていた」

「オズヌが神頼みってわけ？」

「さあな。俺にはわからん」

そのとき、ドアが開きホールの音楽が流れ込んできた。田崎が誰かを連れてきたようだ。彼の後から現れた人物を見て、丸木は声を上げそうになった。

「あ、やっぱり、オズヌだ」

ミサキだった。

賀茂が言った。

「またまみゆ、よき」

「ああ、これこれ。なんだか、なつかしいのよねえ」

高尾が尋ねた。

「オズヌは何と言ったんだ？」

「また会えてうれしいって……」

「やっぱりオズヌだと言ったな。ここにいることがどうしてわかった」

「わかるよ。私、依巫だから」

「それ、賀茂から聞いたのか？」

「……つーか、オズヌから」

「依巫ってことは、オズヌはあんたにも降りてくるんじゃないのか？」

「あー、私には、腰かけだから」

「腰かけ……？」

「やっぱり血筋とかあるみたいよ。賀茂君はオズヌの一族なんでしょう？」

「いや、それはわからんが、たしかに役小角は賀茂氏だという話を聞いたことがある」

「だから賀茂君はがっつりオズヌと一体化しちゃう。私の場合は、ちょっと寄っていく感じ？」

「何だかよくわからないが……」

「私にもわからないよ」

「で、何しに来たんだ」

ミサキに対してその言い方はないだろうと、丸木は少々むっとした。

ミサキがこたえた。

「歌詞を作んなきゃなんないんだけど。やっぱ、オズヌが降りてこないと詞とか浮かばなくて……」

「オズヌが作詞してるってことか？」

「そうじゃないよ。詞は私が作るんだけど、ときどきオズヌの時代の言葉を使わせてもらう。そのほうがしっくりくることが多い」

「……で、歌詞は浮かびそうなのか？」

「オズヌのそばにいればだいじょうぶ」

「だったら、話を続けていいか？」

「あ、ごめん。何か話の途中だったんだね。私はおとなしくしてる」

高尾が賀茂に尋ねた。

「サムたちと話をするために、一言主の力を借りるっていうのは、どういう意味なんだ？」

「仕組みがある」

「仕組み？　何の仕組みだ？」

「世の理《ことわり》だ」

「それが一言主とどんな関係がある」

「神仕組みだ」

「カミシクミ……」

「今はそれしか言えぬ」

そう言うと賀茂は目を閉じた。

「待てよ。それしか言えないってどういうことだ。なんでテルとかサムとか、立て続けに物騒なやつに会いにいったんだ？」

賀茂は何も言わない。

丸木は賀茂に尋ねた。

「君は、オズヌがミサキさんのことを心配していると言ったね。あれはどういうことだったんだ？」

「あら……」

ミサキが反応した。「オズヌが私のことを心配していたですって？」

「そうだ」

高尾が言った。「何か心当たりはあるか？」

「ないわね。でも、私に何かあったら依巫がいなくなるんだから、心配するのは当然かも」

「そういうことじゃないと思うぞ。オズヌは本当にあんたのことを心配しているんだと思う」

「あ、あなた、見かけによらず優しいこと言うんだね」

「見かけによらずは余計だろう。オズヌは何かを予見していたんじゃないのか？」

高尾もミサキも、まるでそこにオズヌがいないような言い方をしている。丸木は言った。

「本人に訊いてみたらどうですか？」

するとミサキが言った。

「ああ、それは無理」

「どうしてです？」

「なんか今、瞑想《めいそう》に入っちゃったみたいだから」

「瞑想……？」

「正確に言うとそうじゃないんだけど、それが一番近い。もっと近いのはネット検索かなあ」

「ネット検索……？」

丸木は尋ねた。「パソコンなんか使ってませんよね？」

「オズヌは霊界でネット検索みたいなことをやっているんだと思う」

高尾がミサキに尋ねた。

「つまり、千里眼でいろいろなことを調べているということだな？」

「千里眼って何のこと？」

「超能力だ。透視能力と言ったほうがわかりやすいか……」

「うーん。超能力というより、神霊的な能力だと思う」

「瞑想のような状態になったオズヌとはコミュニケーションが取れないってことだな？」

「そうだね」

「ああ、わかる」

陽子が言った。「突然意識が遠くに行っちゃったみたいで、何を話しかけてもこたえないときがある」

ミサキがそれを受けて言う。

「ここで話していることが大切だと思ったら、戻ってくるよ」

「何だよ……」

高尾が言う。「俺たちの質問にこたえるのが大切じゃないってことか？」

陽子が言った。

「たぶん、質問にこたえられなくなったんじゃないかしら。それで、さらに何かを調べに行ったんだと思う」

「霊界のネット検索か……」

そのとき、高尾の携帯電話が振動した。高尾が電話に出る。

彼が電話の相手と話している間、皆はそれぞれの考えに耽《ふけ》っている様子で無言だった。

やがて電話を切ると、高尾が言った。

「細田からだ」

陽子が尋ねた。

「細田って？」

「川崎署のマル暴だ。ギャングたちの保護司について調べてくれると言っていたんだ。その結果を知らせてきた」

丸木は言った。

「へえ、ちゃんと調べてくれたんですね」

「保護司の名前は、葛城《かつらぎ》誠《まこと》」

「えっ」

陽子が言った。「カツラギ……？　オズヌはカツラという言葉について考えていると、賀茂君が言っていたわよね」

高尾がうなずいた。

「おそらく、このことなんだろうな」

「訳がわからない。どうしてオズヌがギャングの保護司を知っているの？」

「さあな……」

すると、ミサキが言った。

「霊界のネット検索よ」

「とにかく……」

高尾が言った。「話を聞いてみようと思う」

9

「何かわかったら、教えて」

陽子が言うと、高尾はうなずいた。

「電話する」

高尾が引きあげそうな気配だったので、丸木は慌ててミサキに言った。

「あの……。聞きたいことがあるんですけど」

「なあに？」

「事務所に所属するって聞いたのですが、本当ですか？」

「誰から聞いたの？」

「それは……」

丸木が言い淀《よど》むと、田崎が言った。

「ああ、俺が言ったんだ。ファンの間じゃ、もう噂《うわさ》になってるし……」

「へえ。噂になってるんだ」

「そうだよ。そういう噂はあっという間に広まる」

「店長は誰から聞いたの？」

「ジェイノーツの平岸さんだよ」

「あの人、口が軽いなあ……」

丸木はさらに言った。

「本当なんですか？」

ミサキは「うーん」と困ったようにつぶやいた。それはただの十七歳の少女の仕草だった。

「そういう話はあるらしいんだけどね……」

「あるらしい？」

「そう」

「他人事《ひとごと》みたいな言い方ですね」

「私が直接話を聞いたわけじゃないからね」

「誰が聞いたんです」

「平岸さん」

「彼が勝手に話を進めているということですか？」

「話を進めているも何も、話なんて進んでないから」

「進んでない？　じゃあ、契約とかはまだなんですね？」

「もちろんまだだよ。ただね……」

「ただ？」

「事務所とかついてないと、平岸さんや田崎さんに迷惑をかけるみたいだから……」

すると田崎が言った。

「いやあ、迷惑というか……。ブッキングとか直接本人とやり取りするのもナンだと思ってね」

「私はかまわないんだけどね」

「スカGの頃は、リーダーが対応してくれていたからな……。それに、ミサキはもう、個人でブッキングするようなスケールじゃないから。武道館や東京ドームでコンサートやったって不思議じゃない」

「私はライブハウスでしかやりたくない」

田崎は肩をすくめた。

「そういうことも含めて、事務所が必要かもしれない」

丸木は言った。

「事務所に所属するということは、本格的にメジャーでやっていくってことですよね？」

ミサキがこたえる。

「そういうの、あんまり考えたことない」

「いやあ、ちゃんと考えないとまずいと思うけど……」

「あなた、スカGのときからのファンだよね？」

「そうです」

「じゃあ、どう思う？」

「どう思うって、何をです？」

「私が事務所に入ること」

「いや、そう訊かれると困りますが……」

「でしょう？　私も困ってるのよ」

「でも、ジェイノーツは乗り気なんでしょう？」

「わからない」

「わからないんですか？」

「だから、そういうことは平岸さんに訊いて」

「わかりました」

丸木は言った。「じゃあ、土曜日に平岸さんに訊いてみることにします」

「あ、土曜日、来てくれるんだ」

「必ず来ます」

ミサキがうなずいてから言った。

「じゃあ、また土曜日にね」

「お帰りですか？」

「帰って曲を作る。オズヌに会えたんで、なんだか詞が書けそうな気がしてきたし……」

すると、高尾が言った。

「俺たちも引きあげる。送ろうか？」

ミサキはかぶりを振った。

「だいじょうぶ。じゃあね」

彼女はあっという間に姿を消した。

高尾が田崎に尋ねた。

「彼女、一人で帰して本当にだいじょうぶなのか?」

「心配ない。その辺、親衛隊だらけだろうからな」

陽子が言った。

「じゃあ、私たちを送って」

高尾が応じる。

「どこまで送る?」

「高校の前でいい。みんなその近くだから」

「オズヌを一人にしていいのか? また川崎に出かけるかもしれないぞ」

赤岩が言った。

「俺がいっしょにいる」

すると、賀茂が……、いや、オズヌが言った。

「いずくにもいかぬ」

高尾がオズヌに言う。

「だから、飛鳥時代の言葉は勘弁してくれ」

「どこにもいかぬ」

「じゃあ、自宅で赤岩とおとなしくしていてくれ」

オルタードをあとにすると、高尾は車を出した。丸木は助手席。後部座席に、陽子、赤岩、賀茂の三人が乗った。

彼らを南浜高校のそばで降ろすと、高尾が言った。

「さて、もう九時過ぎか。とっとと帰ろう」

「本部に戻るとか言わないんですね」

「言わない。適当なところで降ろすぞ」

言葉とは裏腹に、丸木の自宅のすぐそばで車を停めてくれた。

「じゃあな」

車が走り去った。

自宅に戻り一人になると、ミサキと話をした実感がじわじわと押し寄せてきた。丸木はしばし幸福な気分にひたった。


翌日登庁すると、すぐに係長につかまった。

丸木は高尾とともに係長席の脇に立った。

「何か報告はあるか？」

高尾がこたえた。

「昨日は、川崎署管内の銀柳街の見回りをしました」

「銀柳街……？」

「川崎署強行犯係ならびに暴対係と共同の取り締まりです」

「何を取り締まったんだ？」

「銀柳街にはギャングがいます」

「ギャング？」

「まだ少年ですが、いっぱしの悪党を気取ったやつらです」

「そういうことは、行動計画書を提出してあらかじめ俺の許可を得て行い、その結果は報告書にしなければならない。それを知らないわけじゃないだろうな」

「存じております」

「知ってるなら、ちゃんとやれ。今日は出かける前に書類を出せよ」

「承知しました」

高尾はうやうやしく礼をした。わざとらしいのでかえって係長の反感を買うのではないかと丸木はひやひやしたが、すでに係長は二人のことを見ていなかった。

席に戻ると丸木は言った。

「どうせ、自分に書類を書かせるつもりでしょう」

丸木はパソコンを開いて、準備をした。

「よくわかったな」

すると高尾が言った。

「賀茂が二度目にいなくなった昨日にさかのぼって、行動計画書を作ろう。南浜高校の教師から連絡があり、賀茂が川崎の治安のよくない地域に向かった恐れがあり、防犯の見地からも賀茂を保護する必要を強く感じた……」

丸木は驚いて、高尾の顔を見た。

「え……。内容を考えてくれるんですか？」

「そのほうが早いだろう」

「ちょっと待ってください」

丸木は慌ててメモを取った。

高尾の言葉はさらに続いた。

「報告書は、銀柳街で賀茂を保護したということでいいだろう。川崎署の江守・細田といっしょに銀柳街に出かけて、サムたちギャングといっしょにいる賀茂に会うまでの経緯を時系列でまとめろ」

「わかりました」

何を書くかがわかっていれば、書類作りはそれほど面倒ではない。

高尾も自分のパソコンを開いてはいるが、仕事はしていない。丸木が書類を仕上げるのを待っているのだ。

午前十時前に、丸木は高尾に告げた。

「できました」

「次は今日の行動計画書だな。保護司のことを書いておけ」

「保護司のことなんてまだ何もわかっていないじゃないですか。何を書けばいいんです？」

「ギャングたちの保護司の情報を川崎署が持っているから、それを聞き出し、保護司に話を聞く予定だ……。それでいいだろう。ギャングは少年だから、俺たち少年係の仕事だ」

丸木は大急ぎでそれを書類にした。十分ほどでできあがった。

「それを係長に提出したら、出かけるぞ」

「川崎署ですか？」

「ああ。計画書どおりに行動しないとな」

その日も高尾は車で登庁していた。その車で川崎署に向かった。丸木は助手席だ。

「オズヌは葛城という名前の保護司を知っていたということでしょうか」

丸木が言うと、高尾がこたえた。

「どうかな……。だが、知っていたわけじゃない気がする」

「でも、カツラという言葉を気にしていたと、賀茂君が……」

「ミサキが言っていた霊界のネット検索じゃないのか」

「霊力で何でもわかってしまうんだったら、苦労はないですね。自分はそういうの、やっぱり信じられません」

「推しのミサキが言ったことだぞ。信じないのか？」

「それとこれとは話が別ですよ」

「オズヌは霊的なネットワークで知りたいことを知ることができる。それを信じたほうが、うまく説明がつくことがたくさんある気がするんだが……」

「何か別な説明がつくかもしれません」

「どんな説明だ？　賀茂が私立探偵並みの捜査能力を持っているとでも言うのか？」

「自分としては、霊力なんていう話よりも、そっちのほうが信じられる気がしますけど」

高尾がふんと鼻で笑った。


川崎署に着き、いつものようにまず強行犯係を訪ねると、江守の席のそばに細田もいた。訪ねることをあらかじめ知らせていたので、江守が気をきかせたのだろう。

高尾が細田に尋ねた。

「保護司のことがわかったんだって？」

「ああ。名前は葛城誠。一般社団法人の代表だ」

「川崎市内にある法人なのか？」

「そうだ。その一般社団法人が更生保護施設をやっているんだが、その施設の名前を聞いて驚け」

「何というんだ？」

「一言寮《ひとことりよう》だ」

さすがの高尾も一瞬絶句した。

丸木は言った。

「オズヌがカツラという言葉を気にしていたんですよね。それに、一言主の力が必要だと言ってました。こんな偶然ってありますか？」

「カツラがどうしたって？」

細田が尋ねたので、高尾が説明した。

「賀茂が言っていたんだ。オズヌはカツラという言葉を気にしてるようだって……」

「よくわからないな。オズヌってのは、賀茂君に降りてくるやつだろう？」

「そうだ」

「つまり、オズヌが賀茂君の体を借りているってことだ」

「乗り物みたいに操縦しているわけじゃなさそうだ。賀茂の意識も残っているらしい。オズヌが見ている物や考えていることが、賀茂にもわかることがあるということだ」

「……で、カツラや一言主か……」

「俺も偶然だとは思わない。オズヌが保護司の葛城や一言寮という更生保護施設のことをどこかで調べたのかもしれない」

「調べる？　どうやって？」

「霊界でネット検索のようなことをやるらしい」

細田はしかめ面をして江守と顔を見合わせた。

丸木には彼らの気持ちがよくわかった。いつまでこんな話に付き合わなければならないのかと思っているに違いない。

高尾が細田に言った。

「その葛城っていう人に会ってみたいんだが」

「俺も同じことを考えていた。これから行ってみるか」

「近くなのか？」

「幸区《さいわいく》下平間《しもひらま》だ」

「……と言われても土地鑑がない」

「車か？」

「ああ、自家用車を捜査に転用している」

「じゃあ、その車で行こう」

「わかった」

四人は高尾の車に乗った。丸木はやはり助手席だ。後部座席の細田が言った住所を、カーナビに入れた。

二十分ほど走ると、高尾がカーナビを見て言った。

「このあたりのはずだ」

丸木は言った。

「あの建物じゃないですか？」

二階建てのアパートのような建物だ。壁が薄緑色に塗装されており、周囲からちょっと浮いた雰囲気があった。

寮と言われれば「なるほど」と思わせる建物のたたずまいだ。

「間違いない」

細田の隣にいる江守が言った。「看板が出ている」

車を駐車スペースに入れ、四人は玄関に向かった。中に入ると、左手に小さな受付窓口がある。学校か病院のようだと、丸木は思った。

受付には四十代くらいのワイシャツ姿の男性がいた。ネクタイはしていない。

細田が警察手帳を出し「葛城誠さんに会いたい」と告げると、しばらく玄関で待たされた。

受付にいた男が事務室から出てきて、「こちらへどうぞ」と言った。

一階の廊下をしばらく進むと、やがて「理事長室」という札がかかった部屋の前にやってきた。

その部屋の中に案内されると、窓を背にした机の向こうで、立ち上がった男がいる。案内してくれた男は部屋を出ていった。

机の向こうの男が言った。

「警察の方ですって？」

「そうです」

細田がこたえた。そして、四人の官姓名を告げた。「葛城さんですか？」

男がうなずいた。

「ええ。葛城です。どんなご用でしょう？」

「保護司をやっていらっしゃるのですね？」

「はい。それが何か……？」

「ギャングのサムの保護司なのですか？」

「彼も担当しています」

「そのことで、ちょっとお話をうかがいたいと思いまして」

部屋の中には応接セットがあった。決して豪華ではないが、座り心地のよさそうなソファがある。

葛城は気づいたように言った。

「どうぞ、お座りください」

「失礼します」

細田が座ると、葛城が机の向こうから出て来て、ソファに腰かけた。丸木たち三人も腰を下ろした。

葛城が尋ねた。

「サムが何かやりましたか？」

細田がこたえた。

「いえ、そういうことではないのです」

「では、何をお訊きになりたいのでしょう？」

葛城は明らかに警戒していた。

年齢は五十代半ばだろうか。髪にはかなり白いものが目立つ。

「どういう経緯でサムの保護司になったのか、お聞かせ願えますか？」

「所属する保護区から割り当てられたんです」

「ああ、なるほど……。サムは保護観察中なのですか？」

「警察なら、そういうことはすぐに調べられるでしょう」

「ええ、もちろんです」

「だったら、私の口から言う必要はありません」

「突然訪問したことで、お気を悪くされているかもしれませんが、我々は何もあなたに疑いをかけているわけではありません。助けてほしいのです」

「助けてほしい……？」

「ええ。サムとハルが、横浜の高校生と接触しているようなのですが、まったく情報がないんです。何かご存じではないかと思いまして……」

「横浜の高校生ですか？」

「はい。南浜高校の生徒です。何か、心当たりは？」

「いいえ、ありません。サムは滅多に自分のことを話そうとはしません」

「さぞかしご苦労されていることと思います」

「それが役目ですから」

「失礼ですが、元同業ですか？」

「いいえ。違います」

「そうですか。いえね、ＯＢで保護司をしている人物が少なくないもので……。自分の親しい先輩もやっております」

「警察ＯＢの保護司が多いことは、もちろん知っています」

「ここは、更生保護施設なのですね？」

「ええ、そうです」

「一言寮というのは、ずいぶん変わった名前ですね」

「そうでしょうか？」

「名前の由来は？」

「健全な社会生活を送るためには、いろいろな一言が大切です。おはよう、こんにちはといった挨拶もそうですし、ありがとう、すみませんといった一言も重要です。それが名前の由来です」

「なるほど……」

細田がうなずくと、高尾が質問した。

「もしかして、一言主と関係あるんじゃないですか？」

葛城が意外そうな顔で高尾を見た。

10

「ほう。刑事さんが、一言主をご存じとは……」

葛城が言うと、高尾がこたえた。

「刑事にもいろいろありましてね」

「たしかに、うちの施設の名前は、一言主と無関係ではありません」

「そのへんのことを、説明してもらえますか？」

葛城が怪訝そうな顔をする。

「いったい、何を調べにいらしたのですか？　施設や私自身に何か疑いがあるのなら、はっきり言ってください」

「先ほど、こちらの捜査員が申したように、あなたに疑いはありません」

「わかりませんね。疑いもないのにやってきて、一言寮の名前の由来などを尋ねている。嫌がらせですか？」

「高校生がどういう経緯でサムと関わりを持つようになったのか知りたいのです」

葛城は眉間にしわを刻んだままだ。

「その高校生に非行歴は……？」

「ありません。普通の高校生です。ちょっと変わってますが……」

どこが普通の高校生だと、丸木は心の中でツッコんでいた。

「ちょっと変わっている？」

「ええ。自分を役小角の転生者だと思い込んでいるようなのです」

「小角ですか……」

「ええ。彼の口から一言主の名前を聞きまして……。こちらの施設が一言寮なので、偶然とは思えなくて……」

こんなことを言われて、葛城はさぞかし混乱しているだろうと、丸木は思った。どういうつもりで高尾は役小角の話など持ち出したのだろう……。

「小角の転生者……」

「そうです。どこで役小角のことを知ったのかはわかりませんが、すっかり心酔してしまったようですね。中学・高校の頃って、そういうことがありますよね」

「本当に転生者かもしれませんね」

丸木はこの言葉に驚いた。

高尾は「まさか」と苦笑して見せる。

葛城が言った。

「でなければ、その高校生は古代豪族について、とてもよく調べています」

「……とおっしゃいますと？」

「役小角は賀茂氏の出ですが、賀茂氏は一言主を信奉していました。そして、一言主は大和《やまと》葛城山の神です」

「葛城山……？」

「ええ。奈良時代には、カヅラキと発音されていたそうですが」

「あなたの苗字と関係があるのですか？」

「わが先祖の葛城氏は、その名のとおり、葛城の豪族でした。葛城というのは、大和葛城山の山麓《さんろく》の一帯です。今の地名でいうと、奈良県御所《ごせ》市と葛城市ですね」

「葛城山の一言主を信奉していたということは、小角の賀茂氏も葛城と関係があるということですね？」

「賀茂氏の発祥の地も葛城です。賀茂氏が葛城一族から派生したという説もあります」

「では、あなたと役小角も関係があるということですか？」

葛城は失笑した。

「いや……、祖先が葛城氏といっても、私の家系など怪しいものです。先祖の誰かが箔を付けるためにそんなことを言い出したのかもしれません」

「しかし、葛城氏と賀茂氏ですから、関係がある可能性はありますよね」

「可能性ですか？　まあ、ゼロではありませんね」

「その高校生が、一言主の力を借りたいと言っていたのですが……」

「一言主の力を借りて、何をしようとしているのですか？」

「よくわからないのです。サムたちと何か関係がありそうなのですが……」

「その高校生に話を聞いてないのですか？」

「それが、事情があって、うまく話が聞けないのです」

一瞬、何か訊きたそうな顔をしたが、葛城は別なことを考えはじめた様子だった。

「まず、先ほどの質問におこたえしましょう。わが施設の名前ですが、おっしゃるとおり実は、一言主からいただいております。変な宗教団体だと思われるといけないので、いつもは先ほどのような説明をすることにしています」

「挨拶やお礼などの一言が大切だと……」

「そうです」

「本当は？」

「一言主は、有言実行の神だといわれています。悪い事も一言、善い事も一言、言い離つ神……。それが一言主です」

「つまり、何事も包み隠さずはっきりと言うということですね」

「さらに言うと、その一言というのは言霊《ことだま》でもあるのだと思います」

「言霊ですか」

高尾が聞き返すと、葛城が言った。

「あるいは、言葉の力と言い換えてもいいでしょう」

それを聞いて丸木は、オズヌの力を思い浮かべていた。名前を呼ぶことで、自在に人を操る能力だ。

「つまり、一言主は言霊の力を発揮する神様ということですね？」

高尾が尋ねると、葛城はこたえた。

「奈良県御所市に葛城一言主神社があります。また、茨城県常総《じょうそう》市にも同様に一言主を祀っている神社があります。そこでは一言主のことを一言もおろそかにせず願いを叶《かな》える神様といっています」

「それはありがたい神様ですね。高校生が頼りにしたくなるのもわかります」

「でも、古代の日本の神というのは、氏族を象徴したものだと言われています。一言主は古事記にも登場しますが、その場合は葛城氏や賀茂氏そのものだと考えていいでしょう」

「古事記？」

「はい。雄略《ゆうりやく》天皇とのエピソードが語られています」

葛城はその内容を説明した。

葛城山で狩りをしていた雄略天皇は、自分たちとまったく同じ恰好をした集団と出会う。誰何《すいか》すると、「吾は悪事《まがこと》も一言、善事《よごと》も一言、言離《ことさか》の神、葛城一言主の大神なり」というこたえが返ってくる。

雄略天皇はおおいに畏れて、共の者の衣服まで差し出したという。

葛城は続けた。

「つまり、葛城氏、あるいは賀茂氏が、雄略天皇をも脅かす勢力を誇っていたということでしょう。ところが、同じエピソードが日本書紀に書かれているのですが、こちらはちょっと趣きが変わります」

日本書紀では、雄略天皇と一言主はその場で意気投合していっしょに狩りを楽しんだということになっているという。

これは天皇と葛城氏あるいは賀茂氏が同等の勢力を持ち、対等の立場であることを物語っていると、葛城は言う。

「さらに、続日本紀《しょくにほんぎ》になると、雄略天皇は、無礼があったとして、一言主を土佐《とさ》へ流刑にするのです。つまり、続日本紀の時代には葛城氏、賀茂氏の勢力が衰え、朝廷の力がはるかに勝っていたということでしょう。実際に、葛城氏が滅びるのは雄略天皇の時代だということですから、続日本紀の記述が一番実情に近いということになるかもしれません」

「雄略天皇と一言主の関係が、そのまま朝廷と葛城氏や賀茂氏との関係を物語っているということですね」

「そうです」

「なるほど……」

丸木は話を聞いているうちに、どうももやもやしてきた。神が氏族を象徴しているというのは、わかる。しかし、それだけでは片づけられないのではないか……。

「あの……」

丸木は言った。「一言主が葛城氏や賀茂氏を象徴しているということですが、その一族が信奉していた神だったことは間違いないんですよね」

葛城と高尾が同時に丸木のほうを見た。

丸木は言葉を続けた。

「いや、あの……。どう言ったらいいのか……。立派な豪族が祀っていたということは、それなりに霊験あらたかな神様だったんじゃないかと思いまして……。サムたちと会っていた高校生も、だからこそ力を借りたいと言ったんじゃないですか?」

高尾が言った。

「おまえ、神様とか霊力とか信じてないんじゃないのか？」

「ええと……。信じるとか信じないとかはこの際置いといて、当該の高校生が何を頼りたがっているのかを考えないと……。古代の神様が氏族の象徴だということで片づけてしまうのは、何か取りこぼしているような気がするんです」

葛城は肩をすくめた。

「私には、これ以上のことはわかりません。あとはその高校生に訊くしかないんじゃないですか」

「そうですね」

高尾はそう言ってから、話題を変えた。「サムのことについてうかがいますが、母親はフィリピン人でシングルマザーだそうですね」

葛城はこたえた。

「そうです」

「私は少年捜査課ですので、少年たちの非行の原因の多くが家庭環境にあることは知っています」

「たしかにそういう傾向があることは事実ですね」

高尾はうなずいてから言う。

「サムたちの非行も、その家庭環境が理由だと思いますか？」

「彼らはそれに加えて差別を経験しています。貧困と差別が犯罪や非行を生むのです」

「なるほど……」

「そして、差別の根は深く、サムたちは常に怒っているのです」

「サムやハルと話をしたことがありますか？」

「もちろんです」

「どんな話をするんです？」

「どんなって……。世間話ですよ。もっともサムもハルもほとんど話そうとはしないですけどね」

「話そうとしないやつと、よくコミュニケーションが成立するものですね……」

「努力していますよ」

「サムやハルが、一言寮に入ったことは？」

「まだありません。サムは自宅から私に会いにきます。私から会いにいくこともあります」

「サムやハルが、地元の半グレと対立関係にあることはご存じですか？」

「知っています。半グレなど無視するように話しているのですが、サムは聴く耳を持ちません」

「なるほど……」

高尾がそうつぶやくと、細田が言った。

「差し支えなければ、どうして保護司になられたのかを教えていただけますか？」

話が現実的になり、細田はようやく発言する気になったのだろうと、丸木は思った。

「わが家は代々、奈良県内で神社の神官をやっておりました」

「神社？」

高尾が訊《たず》ねた。「一言主をお祀りしている神社ですか？」

「主祭神は違いますが、相殿神《あいどののかみ》の中に一言主もおられます。父も地元で保護司をしておりましたので、私もそれにならいました」

細田が訊ねる。

「アイドノカミ……？」

「神社はたいてい、複数の神様をお祀りしています。主祭神以外の神様をそう呼びます」

「あなたは、その神社をお継ぎになったのですか？」

「いいえ。祖父の代で宗教法人を解散しました。その神社を含む土地を父が相続し、さらに私が相続しました。その財産をもとに一言寮を作ったのです」

「財産をもとに……？　それならば、財団法人にするのが普通なんじゃないですか？　こちらは社団法人ですよね？」

「一般社団法人です。できるだけ活動に縛りがないほうがいいと思いましたので……。一般社団法人は比較的簡単に設立できますし……」

「そうですか……」

細田が高尾のほうを見た。質問を続けるかどうか、無言で訊ねているのだ。高尾が言った。

「お忙しいところ、お時間をいただきましてありがとうございました」

「お役に立てたかどうかわかりませんが……」

「またうかがうかもしれません」

「ええ、どうぞ。私もその高校生のことが気になります。何か進展があったら教えてください」


一言寮を出て車に戻ると、江守が言った。

「あんな質問でよかったの？」

高尾がこたえた。

「一番知りたいと思っていることを尋ねたんだが、何かまずかったか？」

「いや、サムたちと賀茂君の関係について、もっと質問するかと思ったんでな」

「それについては、葛城は何も知らないと言った」

「そこを突っ込むのが警察官だろう」

「時間の無駄だよ。葛城は賀茂のことは知らないと思う」

「でも、一言主の話を聞いたところでどうしようもないだろう」

すると、細田が言った。

「いや、そうでもない」

江守が聞き返す。

「何だって？」

「俺も、一言主や葛城氏の話を聞きたかった」

「なぜだ？」

「オズヌと関係ありそうだからだ。オズヌはカツラという言葉を気にしていたし、一言主の力を借りたいと言ったんだろう？」

「あんた、そういうの信じるのかよ」

「そう言ったのは事実なんだろう？」

その問いに、高尾がこたえた。

「事実だ」

江守があきれたように言う。

「そんなの高校生がふざけて言っているだけなんじゃないのか？」

「葛城も言ってたじゃないか。その高校生はすごく勉強をしている。……でなければ、オズヌ本人だろうと」

「いや……。そういうのって、言葉のアヤってやつじゃないの？」

「とにかく、高尾が質問したことは、俺が訊きたかったこととほぼ一致していた」

この言葉に、丸木は驚いた。

てっきり、細田は高尾と丸木に反感を抱いていると思っていた。だが、どうやらそうでもなさそうだ。

本当に反感を持っていたら、銀柳街に付き合ってくれたり、葛城のことを調べてくれたりはしなかったはずだ。

高尾が尋ねた。

「それで、あんたはどう思ったんだ？」

「オズヌが一言主の力を借りて何をやりたいのかが気になる」

「同感だ」

「まずは、本人から話を聞いたらどうだ？」

高尾がダッシュボードの時計をちらりと見た。

「十二時か。担任の先生に電話してみよう」

高尾の言葉を受けて、丸木は携帯電話を取り出して陽子を呼び出した。

「今だいじょうぶですか？」

「これから昼休みよ。何？」

「保護司の葛城に会って話を聞きました」

「それで？」

「一言主とか葛城氏とか賀茂氏とかの話を聞いたので、賀茂君から改めて話を聞きたいと……」

「一言主や賀茂氏の話を保護司から……？」

「ええ。実家が一言主を祀っている神社だったとかで……」

この言い方は正確ではないが、そう言ったほうが早いと思った。

「そう。わかった。昼休みの間なら話ができると思う」

「賀茂君の様子は？」

「オズヌは留守よ」

「あ、そうですか」

「じゃあ、待ってる」

電話を切ると、丸木は話の内容を高尾に伝えた。

「オズヌは留守か……。賀茂は素だってことだな」

「ええ」

「話ができるのは昼休みの間か。急いだほうがいいな」

車は南浜高校に向かった。江守と細田は無言だった。

11

昼の十二時半を少し回った頃、車は南浜高校の校門の脇に到着した。丸木が陽子に電話をすると、「そこで待つように」と言われた。

「あの……。こちらは四人なんですけど……」

「四人？」

「はい。川崎署の人が二人いるんです」

一瞬、無言の間があった。

「迎えにいくから待ってて」

それを三人に伝えると、江守が言った。

「わざわざ迎えになんて来なくてもいいのに」

高尾が言った。

「学校としては、警察に余計なところを見られたくないんだよ」

細田が言う。

「ここ、赤岩が通っている高校だよな？」

高尾がうなずく。

「そうだ」

「荒れているのか？」

「かつては相当にヤバかったが、今はすっかりおとなしいもんだよ」

「へえ……。だったら警察に見られたってどうってことないだろうにな」

「保護者とかがうるさいんだそうだ。学校もたいへんなんだよ」

陽子がやってきて助手席をノックした。

彼女を見た江守と細田が、ぽかんとした顔になる。

一行が車を降りると、陽子は言った。

「刑事が四人もやってくると、教頭がテンパるのよね」

「おい」

高尾が言う。「テンパるなんて、今どき死語じゃないのか？」

「そう？　私は普通に使ってるけど」

「……で、俺たちはどうすればいいんだ？」

「私に付いてきて。くれぐれも余計なことはしないで」

陽子が歩き出し、高尾と丸木はそれに従った。江守が追ってきて小声で言った。

「彼女、教師か？」

高尾がこたえる。

「そうだよ。赤岩たちの担任だ」

「すげー美人じゃないか」

「そういうこと言うと、セクハラとかルッキズムで問題になるぞ」

丸木たちが案内されたのは、昨日と同じく生徒指導室だった。

四人の警察官が腰を下ろすと、陽子はいったん部屋を出ていった。五分ほど待つと、彼女は賀茂を連れて戻ってきた。

江守と細田が緊張した顔になったのは、赤岩がいっしょだったからだ。

陽子は、賀茂と赤岩を座らせると、自分も着席した。

賀茂は四人の警察官を見て緊張した様子だ。おどおどとしている。その態度を見れば、オズヌが降りていないことはすぐにわかる。

だがもちろん、江守と細田にはそんなことはわからない。だから、彼らは賀茂よりも赤岩を気にしている様子だった。

陽子が高尾に言った。

「賀茂君に質問があるのよね？」

高尾はうなずいてから、賀茂に言った。

「俺たちはさっき、葛城という名の保護司に会ってきた」

賀茂は黙って話を聞いている。葛城という名前を聞いても反応しない。

高尾が続けて言った。

「君は、オズヌがカツラという言葉を気にしてるようだと言ったな？」

「あ……」

賀茂が慌てた様子でこたえた。「ええ、そう聞こえました」

「オズヌの考えていることが、頭の中で聞こえることがあるんだそうだ」

高尾は江守と細田にそう説明してから、賀茂への質問を続けた。「そのカツラというのは、葛城のことじゃないのか？」

「さあ……」

賀茂は困った様子でこたえた。「僕にはわかりません。僕はオズヌの考えていることが理解できるわけじゃないんです。時々、それが頭の中で見えたり聞こえたりするだけなので……」

「オズヌが一言主の助けを借りたいと言っていた。それがどういうことかわからないか？」

賀茂は首を傾げた。

「さあ……。わかりません」

すると、細田が賀茂に質問した。

「君は、半グレとギャングの対立を終わらせるのが一言主の役目だと言ったんだ。それはどういうことなんだ?」

「僕がそう言ったんですか?」

「そうだ。川崎署で俺たちはそう聞いた」

「あ、それ、僕じゃなくて、オズヌが言ったんです」

「降りてくるんだってな。とても信じられる話じゃないが、まあ、それはいい。俺が知りたいのは、半グレとギャングの対立を一言主とかいう神様がどうやって解決できるか、なんだ」

「ですから、オズヌの考えていることはわかりません。ただ……」

「ただ、何だ?」

「オズヌは、サムという人物に興味を持っているようです」

「興味を持っている……?」

細田が尋ねた。「どういう興味だ?」

「さあ……」

賀茂が再び首を傾げる。「ただ、サムと話をしたがっているようでした」

「話をしたがっていた?」

高尾が聞き返した。「それは、銀柳街に行ったときのことか?」

「よくわかりません。でも、オズヌがまた川崎に行ったのは、きっとサムと話をするためです」

細田が言う。

「他人事みたいな言い方だな」

「ええ」

賀茂はこたえた。「他人事なんです。僕はオズヌじゃないので……」

「だが、何かあれば怪我をするのは君なんだぞ。へたをすれば、殺されるかもしれない。君はそういう連中と関わっているんだ」

賀茂の顔色が悪くなった。

「川崎に行こうとするのは僕じゃなくてオズヌなんです。僕だって行きたいわけじゃないんです」

細田が高尾の顔を見た。

さすがに彼は困惑しているようだ。賀茂が言うことを受け容《い》れるべきか迷っているのだ。

高尾が言った。

「葛城は、彼の先祖も一言主を祀っていたのだと言った。彼の家は代々神社の神職で、その神社で一言主を祀っていたそうだ。そして、役小角は賀茂氏の出だが、賀茂氏は葛城一族から派生したという説もあるらしい。そのことは知っていたか？」

賀茂はこたえた。

「いいえ。知りません」

「だが、君も賀茂氏の末裔《まつえい》なんだよな？　だからオズヌが降りてくるんだろう？」

「わかりません。賀茂という名前だから親近感を持たれただけかもしれません」

「名前だけで霊界から降りてくるか、普通」

いや、そもそも普通じゃないんだからと、丸木は心の中でツッコんでいた。

「わからないわよ」

陽子が言った。「オズヌにとって名前が重要なのは知っているでしょう」

高尾が言う。

「それは、諱《いみな》、つまり本名のことだろう。姓のことじゃない」

細田が興味深そうな顔で尋ねた。

「名前が重要って、どういうことだ？」

「オズヌは人を自在に操ると言っただろう」

「ああ。覚えているよ」

「それには本名を知る必要があるようなんだ」

「何だ、それ」

「実際に目撃しないと信じられないだろうな。だが、名前を知られないように気をつけたほうがいい」

細田は眉をひそめて賀茂を見た。

陽子が言った。

「たしかに、オズヌが術をかけるときは諱を使う。でも、飛鳥時代の人にとって氏《うじ》か姓《かばね》は、今よりずっと重要だったはずよ」

「何だかよくわからないが、オズヌは賀茂という名字にこだわっているということだな。じゃあ、葛城という名前にも何かこだわりがあるはずだ」

陽子がこたえた。

「そうかもしれない。葛城氏は賀茂氏同様に一言主を祀っているんでしょう？　だったら、オズヌはそのことを考えていたんじゃないかしら」

高尾は賀茂に言った。

「そうなのか？」

「ですから、僕にはわからないんです。でも、水越先生が言ったことは、理屈に合っていると思います」

「何の理屈だ？」

「オズヌは一言主の助けを借りたいと言ったんでしょう？　……で、賀茂氏と葛城氏が一言主を祀っている。でも僕は、一言主のことなんて何も知らないんです。だったら、何か知っていそうな葛城氏の関係者を頼りにしたいと考えるんじゃないですか。その葛城さんって人の実家は、昔、神社で、一言主をお祀りしていたんでしょう」

高尾は考え込んだ。

「いずれ、オズヌは葛城に会いにいくということかな……」

賀茂は言った。

「その可能性はおおいにあると思います」

細田が言った。

「葛城のこと、もっと洗ってみようか」

丸木は驚いて言った。

「洗うって、その必要があるんですか？　保護司ですよ」

細田がこたえる。

「何者であろうと関係ない。関わりを持ちそうなやつは洗う。それが警察官の原則だ」

「はあ……」

「たしかに、葛城との関わりが増えるかもしれない」

高尾が細田に言った。「その件は任せる」

陽子が言った。

「話はこれで終わりね」

高尾が言った。

「オズヌにひとこと言っておきたい。危険な場所には近づくなと」

賀茂が肩をすくめた。

「僕の意思ではどうにもならないんです」

すると、それまでずっと黙っていた赤岩が発言した。

「俺が見張っている」

江守と細田が、ぞっとしたような顔で赤岩を見た。

結局、赤岩が発した言葉はその一言だけだったが、充分な重みがあると、丸木は感じた。自分がそばにいる限り賀茂は安全だと、明言したのだ。

その言葉には自信が漲《みなぎ》っており、間違いなく力があった。

一言主の言葉というのは、このようなものなのではないか。ふと、丸木はそんなことを思った。


車に戻ると、江守が言った。

「あの先生、車まで見送ってくれたな」

運転席の高尾がこたえる。

「俺たちのことを監視しているんだよ。学校の幹部にそうするように言われているらしい」

「まあ、それでも悪い気はしない」

江守はすっかり陽子が気に入った様子だ。陽子の美貌からすれば、それも無理もないと丸木は思った。

「川崎署まで送ろう」

高尾がそう言って車を出した。

「しかしなあ……」

江守が言った。「俺には話がちんぷんかんぷんだぞ。賀茂氏だ葛城氏だって、いったい何の話だ」

高尾も丸木も何も言わない。オズヌが何を考えているのか理解できないのは、丸木も同じだ。

すると、細田が言った。

「だからさ、オズヌが力を借りられそうな誰かを探しているってことなんじゃないの？」

江守が聞き返す。

「力を借りられそうな誰か？」

「神様とか、縁のある氏族の末裔とか……」

「どうやって力を借りるんだ？」

「知らないよ。オズヌは神霊の類なんだろう？　想像もつかない」

「あの……」

丸木は尋ねた。「細田さん、そういう話を信じるんですか？」

「ああ？　どうかね……。ノーとは言い切れないなあ」

「そうなんですか。意外です。てっきり細田さんは現実主義だと思っていましたから……」

「現実主義だよ。だから、ノーと言い切れないんだ。つまり、信じているわけではないけど、否定する根拠がないからな。それにな、他のどんな説明よりも、賀茂っていう高校生にオズヌが降臨するって仮定するのが、一番筋が通るんだ」

「そうかね」

江守が言う。「しかしまあ、長年刑事をやっていると信心深くなるのはたしかだな」

「俺はさ」

細田が言った。「もともとオカルトみたいな話が嫌いじゃないんだ」

丸木は言った。

「へえ……。それも意外です」

細田が言った。

「人はな、誰でも意外なもんなんだよ」


賀茂に特別な動きのないまま、土曜日を迎えた。つまり、オズヌが降りてきていないということだ。

その日は当直でもなく、事件の呼び出しもなかった。丸木は朝からミサキのライブを楽しみにしていた。

ライブへ行くのは久しぶりだった。もちろん、ネットで楽曲はチェックしている。

不思議な歌詞とメロディー、圧倒的な歌声。

スカGが解散してから、ミサキはサポートバンドを率いてライブを行っていた。ソロ活動を始めた当初は、バンドメンバーが定まらなかったが、最近はようやく固定メンバーで演奏するようになっていた。

ドラムス、ギター、ベース、ピアノというシンプルな構成だが、ミサキの歌にはそれが合っていた。

彼女の歌にはどんな装飾も必要ない。丸木はそう思っている。ピアノだけ、ギターだけでもいい。いや、アカペラで充分だ。

午後六時開場、七時開演の予定だが、丸木は落ち着かず、早めに家を出た。おかげで、オルタードの前でしばらく待つはめになった。

「よう。並んでないで、中に入ればよかったのに……」

開場して受付まで進むと、田崎にそう言われた。

会場内はたちまちぎっしり満員になった。

陽子が賀茂と赤岩を連れてやってきた。

「すごい人気ね」

「ええ。ソロになってますますファンが増えたかもしれません」

「へえ……」

開演間際になって高尾が現れた。

「なんだ、座るところがないな。……つうか、椅子がないじゃないか」

丸木はこたえた。

「椅子を取っ払えば、それだけ多くの客を入れられます」

「お、賀茂。オズヌは？」

「いません。でも、ミサキが歌い出したら、降りてくるかもしれません」

やがて客電が落ちた。客の興奮が一気に高まるのがわかった。

サポートバンドがステージに現れる。それだけで歓声が上がる。

ギターアンプをチェックする音が聞こえる。ギターの音が止《や》むと、突然ステージに明かりが点《とも》った。

そこにミサキがいた。

丈が長めの真っ白いシャツに黒い細身のパンツ。

ピアノとギターのイントロ。ドラムのフィルインで、ベースが入り、ミサキが歌い出した。

最初の一声で、鳥肌が立った。

歌い出すと、シンプルだった服装が一変して見える。まるで、白鳥が羽ばたいているようだと、丸木は思った。

　とぅきぽしぴかりてあめのしたぴとりかなし

　現代語の歌詞の間に、そんな言葉が挿入される。不思議な感じのメロディーに乗ると、特別な印象がある。

　うみわたりゆかむなぬむとぅぬ

　言葉の意味はよくわからないが、なぜかなつかしい感じがする。

　観客席の熱が次第に高まっていく。サポートバンドの演奏は見事だった。誰も前に出ようとせずに、歌を盛り立てることに専念している。

　テクニックは問題ない。ミサキは、その伴奏に乗り、自由に歌っている。

　九曲を歌ったのだが、丸木はあっという間だったと感じた。

　アンコールをやらないのは、スカG時代からの伝統だ。ファンもそれを心得ている。ライブの余韻が残る中、客は引きあげていった。

　客がいなくなった会場に、BGMが流れはじめる。ミサキがジェイノーツから出したCDだ。

　丸木はまるで発熱したようにぼうっとしていた。ミサキのライブを見られた自分がいかに幸せ者であるかを、自分に言い聞かせていた。

「すごいわね……」

陽子がつぶやくように言った。

「ああ」

高尾が言う。「俺は音楽とはまったく無縁の人間だが、ミサキのすごさはわかる」

「よき調べなり」

賀茂がそう言った。

「ん……？」

高尾が言う。「オズヌか……？」

「しかり」

12

「だから、俺たちの言葉で話してくれ」

高尾が言うと、賀茂が言った。

「アがくとぅばがきこゆ」

「何だって？」

陽子が言った。

「オズヌたちが使っている言葉が聞こえたと言ってるのよ」

「オズヌたちが使っている言葉？　何のことだ？」

「あ……」

丸木は言った。「ミサキの歌詞ですよ。よくわからない言葉が交じっていたでしょう」

陽子が言った。

「あれが、飛鳥時代の言葉なのね」

高尾は賀茂に言った。

「あれは、どういう意味だったんだ？」

賀茂が言った。

「月星光りて、空の下、一人切ない」

「へえ……」

高尾が感心したようにそう言うと、賀茂はさらに現代語訳を続けた。

「海を越えて、あなたのもとに行きましょう」

「なるほどなあ……」

店のスタッフがテーブルと椅子を並べはじめた。ミサキのライブ以外は、普通に客が座れるように配置するのだ。

そこに田崎がやってきた。

「席ができたから、座ってくれ。じきに、ミサキとジェイノーツの平岸さんもこっちに来るから」

丸木たちは、テーブルを二つくっつけて、それを囲んで椅子に座った。

歌を聞いた上に、ミサキと話ができるなんて、こんな贅沢《ぜいたく》があっていいのだろうか。丸木はそう考えていた。

やがて、普段着に着替えたミサキと平岸がやってきた。普段着といっても、ヘソ出しのチューブトップに短パンで、ステージ衣装よりも派手な感じがした。

「みんな、来てくれてうれしいよ」

ミサキが言った。

田崎が飲み物の注文を取った。ミサキは水が飲みたいと言った。

平岸はビールを頼んだが、それ以外は皆ソフトドリンクだった。

田崎が平岸に言った。

「みんなの関心は、ミサキの事務所問題なんだよ」

するとミサキが言った。

「関心があるのは、丸木さんだけじゃないの？」

丸木は、彼女が自分の名前を覚えていてくれたことで感動していた。

高尾が言った。

「丸木ほどじゃないが、俺たちも関心があるよ」

平岸が言った。

「アーチスト活動をするからには、どこかの事務所に入るのが普通なんだよ」

高尾が田崎に尋ねた。

「そうなのか？」

「うちでライブをやる連中の大半は事務所なんて入ってないけどな……。まあ、メジャーでやるには、平岸さんの言うとおりだと思うけど……」

平岸が言った。

「最初は誰だって、自分で場所を押さえて、客を呼んでライブをやるわけだ」

すると、ミサキが言った。

「私たちもそうしていたよ。今でもそうだし……」

平岸が言葉を続ける。

「だが、だんだん客が増えてきて、世間の注目度が高まると、自前じゃ処理しきれなくなるわけだ」

ミサキが言う。

「自分でできるよ。……つーか、処理しきれないようなことはやらなきゃいいんだし」

「世間の要求ということを考えなきゃ」

平岸の言葉に、ミサキが聞き返す。

「世間の要求？」

「まず第一に、ファンの要求。最初のうちは少数のライブハウスで済んでいただろうが、ファンが増えると、演奏場所も増やす必要があるし、大きなハコで演《や》ることも考えなけりゃならない。そうなると、どうしたって専門にブッキングしてくれる人が必要だ」

「大きなハコで演るつもりはないよ。このオルタードみたいなところで演れればいい」

「それじゃ限られた人たちしかライブを見られない。世の中ではもっと大勢の人たちが、ミサキの歌を聴きたがっているんだ」

ミサキは居心地の悪そうな顔をしたまま黙っていた。

きっと彼女にもそれがわかっているのだ。

平岸がさらに言った。

「世間の要求にはもう一つ別の要素もある。ミサキをもっと売りたいという要求だ」

高尾が言った。

「ミサキで儲《もう》けたいという意味だろう」

「それはお互いのためなんだよ。アーチストはステータスを得られる。そして、経済的に満たされることで、より質の高い楽曲を創作できるようになるだろう。一方で、事務所やレーベルは、儲けた金で新たな才能を育てることもできる。アーチスト一人ではできなかったことができるようになるんだ」

「じゃあ、あんたはミサキが事務所に入ることに賛成なわけだな？」

高尾に尋ねられて、平岸はこたえた。

「基本的には賛成だ。ライブハウスのブッキングだとか、移動の手配だとか、機材の運搬だとか、そういう面倒なことを自分でやらなくてもよくなるんだ。経済的にも安定する。だが……」

「だが？」

「アーチストの方針と事務所の考えが一致しないこともしばしばある。金銭で揉《も》めることもある。つまり、事務所がどれくらいピンハネするかって話だ」

「メリットとデメリットが五分五分ってわけか？」

「いや、俺はメリットのほうが大きいと思っている。だからたいていの芸能人やアーチストが事務所に所属しているわけだ」

高尾がミサキに尋ねた。

「それについて、どう考えているんだ？」

「考えたことない」

即答だった。「事務所に入ることなんて、今までまったく考えていなかったから……」

「だから……」

平岸が言った。「今からちゃんと考えてくれって言ってるんだ」

「だって、事務所なんてどこも怪しいじゃない」

「いや、そんなことはないと思うけど……」

平岸は困った様子で言う。「今どき怪しい事務所のほうが少数派だと思うよ」

「事務所に入ったら、地方で営業やらされたり、出たくもないテレビのバラエティーに出させられたりするかもしれない」

「そんなことにはならないと思う」

「気がついたらＡＶに出てるかも……」

「どこからそういう話を聞くんだ。そんなのは一昔前のたちの悪い事務所の話だ」

平岸はちらりと田崎を見た。

田崎は驚いた様子で言った。

「俺は何も言ってないですよ」

「じゃあ……」

平岸はミサキに眼を戻して言った。「ちゃんと調べて、問題のない事務所だということがわかったら、少しは考えてくれるか？」

「そうね」

ミサキが言う。「そこまでちゃんとしてくれたら、考えてみる」

平岸が丸木のほうを見て言った。

「そういうわけで、調べてくれるか？」

丸木は仰天した。

「え……？　どうして自分が……」

「たしか、ミサキのファンだったよね？　スカＧ時代からの筋金入りのファンだ」

「そうですけど……」

「だったら、ここでミサキのために一肌脱いでもいいだろう」

まさか、こんな話になるとは思ってもいなかった。

「いや……、役に立ちたいとは思いますけど、それとこれとは話が違います」

「何が違うんだ？」

「だって、事務所を警察で調べろってことなんでしょう？　犯罪や違法の疑いもないのに捜査なんてできませんよ」

「たしか、少年課だよね？」

「正確に言うと少年捜査課ですが……」

「ミサキはまだ少年だ。そのミサキが関わる事務所なんだ。つまり、これは少年事案だ。だから、あんたの仕事なんじゃないのか？」

「屁理屈《へりくつ》だな」

高尾が言った。助け船を出してくれるようだと思い、丸木はほっとした。

「だが、屁理屈でも理屈は理屈だ」

「え……」

丸木は思わず声を上げた。

高尾が構わずに続けた。

「防犯の見地からも、事務所のことを調べるべきだと思う」

平岸が言った。

「そう言ってくれて、正直ほっとしたよ」

「ほっとしたって……」

田崎が尋ねた。「その事務所、何か怪しいところがあるんですか？」

「いや、まともな事務所だとは思うよ。ただ……」

「ただ……？」

「こういう業界って、バックに何がいるかわからないじゃない」

「ああ……」

田崎は思い当たる節があるような顔になった。「有名なダンスグループの事務所が実は反社だったり……」

「昔は芸能事務所のバックに暴力団がついてるのは当たり前のことだったからね」

それを聞いたミサキが言った。

「だから事務所のことなんて考えたくないって言ってるのに……」

「いや、それは昔の話だって言ってるだろう」

「でも、警察に調べてもらおうと思ってるんでしょう？」

「念のためだよ。念のため」

「よきかな」

突然、賀茂が言った。

陽子が驚いた様子で賀茂に尋ねた。

「善き哉《かな》って、何がいいことなの？」

「ミサキの身を案じておる。ワのみにあらで、ナがみなで案ずるはよき」

高尾が尋ねた。

「どうしてミサキのことを心配してるんだ?」

「ナが探れば、知れよう」

「調べればわかるということか?」

賀茂はかすかにうなずいた。

高尾が平岸に言った。

「彼もそう言ってるんで、調べないわけにはいかないようだ」

平岸がしかめ面になった。

「たしか、オズヌだよな」

「そうだ」

「じゃあ、しょうがねえな……」


車に乗り込むと丸木は高尾に尋ねた。

「本当に、平岸さんが言っていた事務所について調べるんですか?」

「もちろんだ。もう引っ込みがつかないだろう」

「係長に知られたら何と説明するんです?」

「平岸が言った屁理屈でいいだろう」

「はあ……」

「おまえは、明日にでも平岸のところに行って、事務所のことを詳しく聞いてこい」

「わかりました」

そう言うしかなかった。

「ミサキのために働けるんだ。うれしいだろう」

「ええ、それはもう……」

「なんだよ。否定しないのかよ」

「今さら誤魔化したり嘘ついたりしても仕方がないでしょう」

高尾はまた、自宅近くで丸木を降ろした。


翌日は日曜日だが、電話をすると平岸は会ってもいいと言った。

丸木は午前十時頃、南青山《みなみあおやま》のジェイノーツを訪ねた。

「いやあ、休日だから、社員もいなくてお構いはできないよ」

「けっこうです。昨日話していた事務所のことを教えてください」

「マロプラ企画っていう事務所なんだ」

「マロプラ……」

「創業者が二人いてね。一人が栗原亨《くりはらとおる》、もう一人が梅田鉄男《うめだてつお》。栗と梅でマロンプラム。それが縮まってマロプラだ」

「所在地は？」

「これ持っていってよ」

平岸は名刺を差し出した。

「マロプラ企画　マネージメント部　笠置涼子《かさぎりようこ》」

そう書かれている。事務所の所在地は、港区西麻布《みなとにしあざぶ》三丁目だった。

丸木は尋ねた。

「この人は？」

「ミサキのマネージメントをしたいといって、ジェイノーツに接触してきたんだ。契約が成立したら、その人がマネージャーになるんじゃないかと思う。三十代のいかにもやり手って感じの女性だった」

「それで……」

丸木は改まった口調で訊ねた。「ミサキが契約して、本当にだいじょうぶなんですか？」

「何言ってるの」

平岸はあきれたような顔をした。「それをおたくらが調べるんじゃない」

「業界内の評判とか、あるじゃないですか」

「マロプラ企画はこのところぐんぐんと力をつけている事務所でね……。一年ほど前までは名前も聞いたことがなかった」

「そんなところにミサキを預けようっていうんですか？」

「どこだって最初は無名だろう。プロダクションは、所属タレントが一人売れっ子になったらそれでもうメジャーになれる」

「マロプラ企画もそうなんですか？」

「そういうこと」

平岸は、最近急速に人気が高まったバンドの名前を出した。ＹｏｕＴｕｂｅの再生回数で記録を出したようなバンドだ。

「へえ、あのバンドの事務所なんですね」

「レーベルとしてはさ、事務所がついてくれるとありがたいんだよ。アーチストのプロモーションもやってくれるし、生活の管理もしてくれる。ジェイノーツでミサキの面倒を見るのには限界がある。それにね、ミサキのＣＤは、今はジェイノーツが原盤を持ってるけど、将来は事務所が原盤を持ってくれるかもしれない」

「原盤って権利でしょう？　ジェイノーツが持っていたほうが得なんじゃないんですか？」

「原盤権って、制作費を全部持つってことなんだよ。権利持ってるから、売れりゃあでかいけどさ、初期費用がかかるわけよ。それを事務所が負担してくれれば、実入りは減るがリスクも回避できるってことなんだ」

「でも、今、ジェイノーツはミサキで儲かっているんでしょう？」

「昔と違うからね。ＣＤがばか売れする時代じゃないし、サブスクから入ってくる金だって知れている。たしかにミサキは売れてるけど、ミサキだけで会社を回していけるわけじゃないんでね」

「それで、事務所の話ですか……」

「リスクが減るし、事務所に入ればビジネスがスケールアップするはずだ。名実共にメジャーになるわけだ。世界戦略だって夢じゃない。そうなれば、ミサキ、事務所、そしてわがジェイノーツの三者が得をするということになる」

「でも、ミサキはなんだか嫌がっているみたいでしたね」

「縛られるのが嫌なんだと思う。たぶん、大人を信用していないんだろう」

ただそれだけだろうかと、丸木は思った。

ミサキの感受性は並ではない。何か不穏なものを感じ取っているのではないだろうか。オズヌがミサキのことを心配しているというのも、なんだか気になる。

「とにかく……」

丸木は言った。「この名刺をお預かりします」

「ああ。何かわかったら、すぐに知らせてくれ」

丸木はジェイノーツを出ると、高尾に電話した。

「何だ？」

「プロダクションの名前とか所在地がわかりました」

「じゃあ、ネットなんかで下調べしておけ」

「ジェイノーツに接触してきた社員の名前がわかってますが、訪ねてみましょうか」

「直当《じかあ》たりの前に、まず周辺の調査だよ」

「わかりました」

「じゃあ、明日詳しいことを聞くよ」

「明日ですか？」

「当直じゃないんだ。日曜くらい休ませろ」

俺を働かせているくせに……。

そう思ったが、もちろん口には出せない。

「了解しました」

丸木はそう言って電話を切った。

ネット検索なら自宅でもできる。丸木も自宅に引きあげることにした。

13

「サイトを見たところ、まっとうなプロダクションですね」

月曜日の朝、県警本部に登庁すると、丸木は高尾にそう言った。

「サイトを見ただけじゃ、まっとうかどうかわからないだろう」

「人気が急上昇中のバンドを抱えているんです。怪しいところじゃなさそうです」

「口コミ情報は？」

「ＳＮＳで検索してみましたけど、特に問題のあるような書き込みはないですね」

高尾はしばらく考え込んでから言った。

「本当に怪しいところは、怪しくは見えないよなあ」

「考え過ぎじゃないですか」

「設立はいつだ？」

「サイトによると、二年前ですね。さっき言ったバンドのおかげで急成長したようです」

「社歴がたった二年なのか？」

「芸能プロダクションや音楽事務所って、そういうところが多いんじゃないですか」

「どうも、気になるんだ」

「何がです？」

「ミサキは乗り気じゃない様子だったろう」

それは、もちろん丸木も懸念していた。

「ええ、そうでしたね」

「オズヌもなぜか気にかけているらしい」

「それって、根拠になりますか？」

「おまえは、ミサキが妙な事務所と契約するはめになっても平気なのか？」

「平気じゃありませんよ。ですから、こうして調べようとしているんだし……」

「だったらもっと親身になったらどうだ」

「親身になるって……。具体的にはどうしたらいいんですか？」

「だから、暴対課に訊いてみるとか……」

丸木は驚いた。

「どうして暴対課に……」

「何か情報を持っているかもしれない。ダメ元で連絡してみろよ」

「まさか……」

「まさか、じゃないだろう。万が一そのマロプラとかいう事務所が反社絡みだったら、マル暴が情報を持ってるかもしれないじゃないか」

「それは、そうかもしれませんが……」

「そう思ったら、電話してみろよ」

「わかりました」

丸木は、以前高尾と二人で会いにいった藤田という暴対課の係員に電話してみた。

「おう、丸木か。今日は何だ？」

「マロプラ企画という事務所について、何かご存じないかと思いまして……」

「マロ……、何だって？」

「マロプラ企画です」

「何の事務所だ？」

「芸能プロダクションというか音楽事務所というか……」

「県内の会社か？」

「いえ。所在地は東京の港区西麻布です」

「だったら、警視庁に訊かないとなあ……。その事務所、県内の何かの事案に絡んでいるのか？」

「ミサキってご存じですか？」

「ミサキ……？」

「主に県内で活動していたスカGというバンドがありまして……」

「ああ、スカGなら聞いたことがある」

「スカGのボーカルだったミサキが独立してソロ活動してるんですが、彼女がその事務所と契約するかもしれないという話があるんです」

「何だよ。仕事じゃなくて、あんたの趣味の話？」

「もちろん仕事です。あ、でも趣味というのも否定しきれませんが……。で、防犯のために、念のため洗ってみろという声がありまして……。ミサキは少年なんで、少年事案だろうと……」

しどろもどろになってきた。

「何だかよくわからんが、防犯のためと言われると突っぱねるわけにもいかないなあ。わかった。警視庁のマル暴に問い合わせてみるよ」

「すみません。お願いします」

電話が切れた。

藤田との話を要約して伝えると、高尾は言った。

「じゃあ、ついでに、細田に電話してみてくれ」

「細田さんに？」

「葛城のことを洗うって言ってただろう？」

「わかりました」

丸木は電話した。

「何だ？」

相変わらず無愛想だ。

「葛城についてですが、どうなりました？」

「おい」

うんざりした口調になる。「洗うって言ったの、先週水曜日のことだよな。そして、まだ月曜の午前中だ。洗う時間があったと思うか？」

「あ……」

丸木はうろたえた。「いえ……。細田さんくらいになれば、短時間でも結果を出されるのではないかと思いまして」

こういうときは持ち上げるに限る。

「ふん。わかってるじゃねえか……」

細田は、まんざらでもなさそうな口調だった。まさか乗ってくるとは思わなかった。

「いろいろと当たってみたが、結論から言うと、葛城に怪しいところはない」

「そうですか」

「経歴も本人が言ったとおりだった。もっとも、先祖のことは、まだ調べが進んでいない。だが、おそらく嘘はないと思う」

「ちょっと待ってください」

丸木はそう言って、話の内容を高尾に伝えた。

高尾が言った。

「事務所のことを教えてやれ」

丸木は、電話の向こうの細田に、マロプラ企画のことについて説明した。

話を聞き終えると、細田が言った。

「そっちも怪しいところはなしか……」

「念のために、暴対課に問い合わせました」

すると細田は、驚いた声で言った。

「暴対課だって？　その事務所が反社絡みだと思っているのか？」

「いえ、あくまでも念のためです」

「あんまり藪《やぶ》を突《つつ》いていると、蛇が出てくるぞ」

「あ、でも、捜査ってそういうもんじゃないですか」

「あんたに、捜査のことを教わるとは思わなかったな」

「そんなつもりじゃなかったんですけど……」

「まあいいや。それで、オズヌは？」

「知らせがありませんから、賀茂君はおとなしくしているのだと思います。つまり、オズヌは不在だと思います」

「そうか。事務所の件で何かわかったら教えてくれ」

「了解しました」

「こっちも引き続き調べてみる。じゃあな」

電話が切れた。

高尾が言った。

「いずれ、オズヌが葛城に会いにいくかもしれないな……」

「困惑するでしょうね」

「困惑……？」

「だってそうでしょう。現実離れしたオズヌの話を聞くことになるんですから……」

「葛城は一言主の話をしたとき、それほど驚いた様子も、戸惑った様子もなかった。賀茂氏は親戚みたいなもんだと言ってたしな。だから、案外オズヌと話が合うかもしれない」

「話が合うわけないと思いますよ」

そのとき、丸木の携帯電話が振動した。

藤田からだった。

「はい、丸木です」

「警視庁の暴対課にいる知り合いに問い合わせたら、会って話がしたいって言ってた。行ってみる？」

「あ、ぜひ……」

「暴対課暴力犯捜査第五係の、柳田喜毅《やなぎだよしき》巡査部長だ。じゃあ、おたくらのこと、伝えておくよ」

「ありがとうございます」

「一つ貸しだぞ。何かわかったら、教えてくれ」

「はい」

電話を切ると、丸木は高尾に今の話を伝える。

「じゃあ、さっそく行ってみようじゃないか」


警視庁の玄関は、神奈川県警本部に比べて威圧感があると、丸木は思った。

神奈川県警本部は門から玄関まで、かなりの距離があるが、周囲はだだっ広い空間だ。それに比べて、警視庁はかなり閉鎖的な印象があった。

受付のある玄関ホールは、神奈川県警本部に比べるとかなり狭い。駅の自動改札のようなゲートの向こうにエレベーターホールがある。

丸木は受付で来意を告げると、来客用の入館証を渡され、暴力団対策課を訪ねるように言われた。

低層階用エレベーターで六階へ行き、案内された場所に向かった。

「ああ、藤田から話は聞いてるよ」

暴力犯捜査第五係の島にやってくると、柳田巡査部長が丸木たちに言った。柳田は、高尾と同じくらいの年齢だ。

実にマル暴らしい風体をしている。つまり、マルB（暴力団員）のような見かけだ。強面《こわもて》だが、口調はソフトだった。

「神奈川出身のアーチストが、マロプラ企画と契約するかもしれないんだって？」

丸木はこたえた。

「そうなんです」

「……で、そのアーチストが少年なんだな？」

「十七歳です」

「ふうん……」

柳田は思案顔になった。

高尾が言った。

「わざわざ会って話をしたいということは、マロプラ企画は何か訳ありってことだな？」

柳田がこたえた。

「最近、急成長しているって話は聞いている」

丸木は言った。

「人気バンドを一つ抱えているんです。そのバンドのおかげで、ここ一年で名前が売れたと音楽関係者が言っていました」

「その音楽関係者って？」

丸木がこたえようかどうしようか逡巡《しゅんじゅん》していると、高尾が言った。

「ジェイノーツの平岸ってやつだ」

「ジェイノーツって、音楽レーベルだな？」

「そう。平岸はそこのプロデューサーで、ミサキの音源を制作している」

「ミサキってのは、その十七歳のアーチストのことか？」

「そうだ」

「なるほど……」

「もったいぶってないで、マロプラ企画のことを話してくれ」

「別にもったいぶっているわけじゃないんだ。俺も、最近その名前を聞いたばかりなんでな。確かなことは言えないんだが……」

「こっちから情報を吸い上げようって魂胆だったんだな」

「そうとんがるなよ。俺が知ってるのは噂程度なんだ。少しでもネタがほしいんだ」

「その噂ってやつを聞かせてほしいな」

「芸能プロダクションとか音楽事務所とかでは、よくある話なんで、俺もどうかと思ってるんだ」

「反社か？」

高尾が尋ねると、柳田はうなずいた。

「マロプラ企画は、まっとうな事務所だということだが、バックに胡散臭《うさんくさ》いのがついていると言ってる者がいる」

「胡散臭い……？　暴力団か？」

「今どきの暴力団に、そんな勢いはない。半グレだよ」

「半グレ……」

「何だよ」

高尾と丸木は顔を見合わせた。

柳田が言う。「何か意味ありげな態度じゃないか」

高尾が言った。

「半グレと聞いて、ちょっと思い当たる節があってな……」

「何だ？」

「川崎にテルと呼ばれる半グレがいる。六人くらいでつるんでいるようだが、どれくらいの仲間がいるかは把握していない」

「半グレはヤクザと違って組織を作ってるわけじゃないんでな。言ってみれば全員遊軍みたいなもんだ。くっついたり離れたりしていて、実態が摑《つか》みにくい」

「そのようだな」

「マロプラ企画のバックにいるのが、そのテルだというのか？」

高尾はかぶりを振った。

「それはわからない。だが、テルたちとちょっと関わりがあったんで、半グレと聞いてやつらのことを思い出したってわけだ」

「どういう関わりだ？」

「横浜に南浜高校というのがある。そこの生徒とテルたちが何度か接触している」

柳田がしかめ面で小さく首を横に振った。

「高校生か……」

おそらく柳田は誤解していると、丸木は思った。高校生が半グレと交わり、仲間に加わろうとしているのだと勘違いしているに違いない。

「そう」

高尾が言った。「俺たちは、少年捜査課なんでな」

どうやら高尾には、柳田の勘違いを訂正するつもりはないらしい。

「神奈川県警にはそういう課があるんだな。警視庁の少年事件課に当たるのかな……」

「……で、あんたはその噂について、どう思ってるんだ？」

「調べてみようかと思っているところに、藤田から電話があった」

「まだ手つかずなんだな？」

「そうだ。あんたらは……？」

「マロプラ企画に行ってみようと思う」

「伝手《つて》はあるのか？」

「ジェイノーツの平岸から、マロプラ企画社員の名刺をもらった」

丸木は、笠置涼子の名刺を取り出して、柳田に見せた。

「マネージメント部……？」

「ミサキのマネージメントをやりたいと、ジェイノーツの平岸さんにこの名刺を渡したらしいです」

「……で、それに会いにいこうと……」

高尾がうなずいた。

「そうだ」

「どういう名目で？」

「名目？」

「警察官が訪ねてきたら、相手は何事かと思うぞ。しかも、あんたら神奈川県警じゃないか。何か理由が必要だろう」

そう言われて、丸木は考え込んだ。柳田が言うことももっともだ。

高尾が言った。

「理由といえば、やっぱりミサキのことだろうな」

柳田が聞き返す。

「何を言うつもりだ？」

「ミサキは未成年なので、契約には親権者の同意が必要だ。だから、俺たちが親権者の代理だとか何とか……」

「弁護士じゃないんだ」

「じゃあ、どうすりゃいいんだ？」

「いっそのこと、ミサキの非行について捜査しているんで話が聞きたいと言ったらどうだ」

丸木は目を丸くして言った。

「そんなのダメですよ。ミサキの音楽活動を妨害することになりかねません」

「あんた、何かいいアイディアがあるのか？」

柳田に訊かれて、丸木はこたえた。

「契約の内容に違法性がないか話を聞きたいと言えばいいでしょう。児童福祉法違反とかが見つかれば、少年事案ですよ」

高尾と柳田が顔を見合わせた。

柳田が言った。

「悪くないな」

高尾が言う。

「児童福祉法は使えるな」

「じゃあ、それでいこう」

柳田の言葉に、高尾が聞き返す。

「え？　それでいこうって、あんたも行くつもりか？」

「そうだよ。調べようとしていた矢先だと言っただろう」

高尾が丸木に言った。

「どうする？」

「マロプラ企画は都内にあるので、警視庁で調べるのが筋ですよね」

高尾が柳田に言った。

「わかった。じゃあ、出かけよう」


マロプラ企画は、西麻布交差点の近くの雑居ビルの中にあった。雑居ビルといっても、近代的で洒落《しゃれ》た建物だ。さすがは都内の一等地だと、丸木は思った。

受付らしいものはなかった。オフィス手前のガラス戸の脇にインターホンがある。丸木はそのボタンを押した。

若い女性の声が聞こえてきた。

「マロプラ企画です。何かご用でしょうか？」

神奈川県警の者だと名乗ると、声の主らしい女性がやってきた。スライドドアが開き、丸木たちは、テーブルと椅子があるブースに案内された。そこが応接スペースなのだろう。

パーティションの向こう側がオフィスになっていて、そこの様子はブース内からは見えない。

「何もかも、おしゃれな感じだな」

柳田の言葉に、高尾が言った。

「マル暴やってると、こういう業界と縁があるんじゃないのか？」

「そうでもない」

プラスチックのコップに入ったコーヒーが運ばれてきた。それからしばらくすると、「お待たせしました」と先ほどとは別の女性が現れた。活動的な服装だ。

「警察の方だそうですね」

「そうです」

丸木はこたえた。「あなたは?」

「笠置です」

14

用向きを尋ねられて、丸木は打ち合わせどおり、契約内容に児童福祉法に抵触する内容がないかどうか話を聞きたいと言った。

「うちの法務でも検討しましたけど、問題ないと思います」

丸木はさらに言った。

「白河紗月《しらかわさつき》は未成年ですが、なにぶん、影響力が大きいので……」

「あら、ミサキの本名をご存じなのですね」

「ええ、警察ですから……」

「神奈川県警とおっしゃいましたね?」

すると、柳田が言った。

「私は警視庁ですが」

丸木が笠置涼子の問いにこたえた。

「はい。県警本部の少年捜査課です」

「ミサキが何か事件に関わったことがあるということでしょうか？」

丸木は慌ててかぶりを振った。

「いえ、そういうことではありません。繰り返しますが、ミサキは若い世代に絶大な人気があり、その影響力がたいへん大きいので、我々としては、特に注意をする必要があると考えておりまして……」

「そんなことで、わざわざ警察の方が訪ねていらっしゃるのですか？」

すると、高尾が言った。

「ミサキは地元のスターです。神奈川の誇りなんですよ。警察もその人気を無視はできません」

「なるほど……」

「契約したあかつきには、あなたがマネージャーをされるということですね？」

高尾の問いに、笠置がこたえた。

「人事は正式に契約が成立した後のことになると思いますが、そういうことで間違いないと思います」

「では、あなたが現場の責任者なのですね？」

「はい」

「しかし、ミサキと契約を結ぶのは、あなた個人ではなく、あくまでも会社なわけですよね」

「もちろんです」

「では、そちらの責任者の方からもお話をうかがいたいのですが……」

「それはわが社の代表者に会いたいということでしょうか?」

「契約の責任者がその方なら、その方にお目にかかりたいですね」

「わかりました」

笠置は表情を変えない。「少々お待ちください」

彼女は席を立った。

すると、柳田が言った。

「あんた、なかなか強気だな」

「トップに話を聞かない限り、バックにいるやつらはわからないだろう」

柳田がうなずいた。

「会社の代表者がどんなやつか見れば、会社の性質もわかるってもんだな」

やがて、笠置が二人の男を伴って戻ってきた。

「紹介します」

笠置が言った。「代表取締役社長の栗原亨と、取締役副社長の梅田鉄男です」

栗原はやや太り気味の男性だった。一方、梅田は細身で背が高い。二人とも四十代前半に見える。

名刺交換を終えると、栗原が言った。

「この度は、ミサキの件でご心配をおかけしているようで、申し訳ありません」

高尾がこたえる。

「いえ……。防犯上のちょっとした確認です」

全員が腰を下ろすと、栗原が言う。

「契約内容が児童福祉法等に抵触していないかということですね。ご心配には及びません。法務の者と充分に話し合って内容を決めておりますので」

「その契約書を拝見できませんか。雛形《ひながた》でけっこうなんで……」

「申し訳ありません。ミサキのプライバシーに関わることですし、わが社の企業秘密にも関係してまいりますので、契約書をお見せするわけにはまいりません」

「何か隠したいことがあるのですか?」

はい、そうですかという訳にはいかない。契約内容を精査すれば、何かの違反が見つかるかもしれない。

しかし、人権の見地からすると、栗原が言うことももっともだと、丸木は思った。

栗原が言う。

「もちろん、隠したいことなどありません」

彼はほほえんだ。穏やかな表情を崩さない。

高尾が言った。

「ならば、契約書を見せてくださっても、問題はないでしょう」

「問題はあります」

栗原はきっぱりと言った。「わが社の信用に関わることです。令状があれば別ですが……」

「令状と簡単におっしゃいますがね……」

高尾が言う。「俺たちが令状を持ってやってくると、こんなもんじゃ済みませんよ。会社中をひっくり返して、ミサキのだけではなく、他のアーチストとの契約書も持ち帰りますし、パソコンや社員のスマホなどをすべてお預かりすることになります」

栗原は平静を装っているが、明らかに顔色が悪くなった。

「勘弁してください」

梅田が言った。「何も警察に逆らおうというのではないのです。第一、ミサキとはまだ契約書を交わしてはおりません。ですから、正式な契約書はまだないのです」

「ですから」

高尾は言った。「雛形でいいと申し上げているのです」

栗原が言った。

「では、口頭でおこたえしましょう。どんなご懸念を抱いていらっしゃるのですか？」

「夜間の勤労については、明記されていますか？」

「午後十時以降の営業活動はさせません」

これは、児童福祉法というより、労働基準法の年少者の規定だと、丸木は思った。十八歳未満の年少者は、午後十時から午前五時までの時間帯に労働させることはできない。

補足するように、梅田が言った。

「ライブは、だいたい午後七時頃から九時までを原則としています。例外的に、例えば年越しライブとか、二十四時間ぶっ通しのテレビのチャリティー番組なんかがありますが、その深夜の時間帯にミサキを出演させることはありません」

高尾がさらに質問する。

「地方で興行するような場合の、宿泊等の環境は？」

栗原がこたえた。

「ホテル・旅館等のちゃんとした宿泊施設を用意し、飲食についてはアルコールを摂取するようなことがないように、充分に留意します」

梅田が言う。

「ただし、そういうのは、契約に謳《うた》うようなことではなく、現場の笠置が気をつけることですが……」

笠置が言った。

「ミサキを決して劣悪な環境で寝泊まりさせたり、不健全な場所や時間帯での飲食はさせません」

高尾が言う。

「契約に謳うようなことではないとおっしゃいましたが、ぜひそのあたりのことも条文にしてほしいですね」

丸木も同感だったが、それはファンとしての意見であって、警察官の言うことではないような気がしていた。

栗原と梅田は顔を見合わせた。そして彼らは、かすかにうなずき合った。

栗原が言った。

「もちろん、我々はミサキのことを最優先に考えます。ですから、ご心配には及びません」

高尾がそれにこたえた。

「そうですか」

「ですが……」

栗原が言葉を続けた。「契約のこととかは、警察の方が気にされることではないと思うのですが」

やはり彼らも自分と同じことを考えているなと、丸木は思った。

高尾は平然とした態度で言った。

「我々は少年捜査課ですので、年少者のことについていろいろ気にするんですよ」

「それは、そうでしょうが……」

すると、柳田が栗原に質問した。

「代表取締役ということは、あなたがこの会社のトップなのですね？」

「そうです」

「そして、梅田さんが副社長、つまりナンバーツーなわけですね？」

「はい」

「他に、役員の方とかはいらっしゃいますか？」

「私の妻が取締役です」

「外部の方が役員になったりはしていないのですね？」

「まだ小さな会社ですから、そんな必要はありません。取締役は三人だけです」

「なるほど……」

柳田はうなずいた。「株主は？」

「私と梅田の二人で出資しましたから、二人が株主です」

「他には？」

「おりません」

梅田が柳田に尋ねた。

「なぜそんなことを訊くのです？」

それにこたえたのは、高尾だった。

「先ほどから申し上げているように、ミサキの社会的な影響力は大きい。ですから、ミサキと契約しようとしている御社が、どのような会社か知っておきたいわけです」

「栗原も申しましたが、どうも警察が気にされるようなこととは思えないのですが……」

柳田が言った。

「ええと……。ぶっちゃけ言いますと、私ら、企業舎弟とかフロント企業とかいうことを気にしていまして……」

栗原が目を丸くした。

梅田が言った。

「え……。フロント企業……」

「それはいったい、何の話ですか」

柳田が言う。

「つまり、暴力団とかの資金源ですよ。ご存じのとおり、暴対法や排除条例の施行後、暴力団は一切の経済活動ができません。ですから、隠《かく》れ蓑《みの》としてまっとうな企業を使うわけです」

「まあ、こういう業界ですから、けっこう怪しい連中もいますが、うちは関係ないです」

梅田の言葉を、栗原が補う。

「わが社の経営については今申し上げたとおりです。登記などをお調べになればいい」

柳田が高尾を見てから言った。

「どうか、お気を悪くなさらないでください。あくまでも、一般的な話をしたまでです」

「とにかく」

梅田がさらに言った。「わが社は、警察の世話になるようなことは、一切しておりませんので……」

柳田がこたえる。

「よくわかりました。質問は以上です」

高尾が言った。

「お忙しいところ、お時間をいただき、ありがとうございました」

三人の警察官は、マロプラ企画を後にした。


ビルを出て、西麻布の交差点近くまで来ると、高尾が柳田に言った。

「……で、マル暴の眼から見て、どう思った？」

すると、柳田があっけらかんとした口調で言った。

「あの二人、怪しいな」

その言葉に、丸木は心底驚いた。

「えっ。あの二人って、栗原さんと梅田さんですか？」

「そうだよ」

「どこがですか」

丸木には、まったく怪しくは見えなかった。実にまっとうなビジネスマンに見えた。

「どこがと言われてもなあ……」

柳田がこたえた。「まあ、強いて言えば、冷静すぎるところかなあ」

「冷静すぎる……」

「警察がいきなりやってきて、痛くもない腹を探られたんだ。誰だって、うろたえたり、びびったりするだろう。キレても不思議はない。だが、あの二人はあくまで冷静だった」

「腹が据わっているということでしょう。そんなことで疑ったら申し訳ないですよ」

すると、高尾が言った。

「だから、マル暴の勘ってやつなんだよ。俺もあの二人の態度には少々違和感があった」

丸木は言った。

「自分は、まったく怪しいとは思いませんでした」

柳田は高尾に言った。

「それで、これからどうする？」

高尾が丸木に言った。

「ジェイノーツは、ここから近いよな？」

「南青山ですから、そんなに遠くないですね」

所在地を聞くと、柳田が言った。

「歩くと、十五分から二十分くらいかかるな。タクシー拾おうぜ」

丸木は聞き返した。

「え？　柳田さんも行くんですか？」

「乗りかかった船ってやつだよ。タクシー代は神奈川県警持ちでいいな？」

高尾がこたえた。

「自腹で払うよ」

平岸は、三人の警察官を見て驚いた様子だった。

「何事だ？」

高尾が言った。

「今、マロプラ企画に行ってきた」

「おお、本気で調べてくれてるんだな」

丸木は言った。

「警察で調べろと言ったのは平岸さんですよ」

「そりゃそうだが、俺は、丸木さんが一人で調べるものと思っていたから……」

高尾が言う。

「バックに半グレがいるっていう噂があるらしいんでな」

「えっ」

平岸が眉をひそめる。「半グレって……」

柳田が言った。

「そういう噂があるだけだ」

平岸が高尾に尋ねた。

「この人は？」

高尾が紹介した。

「へえ、警視庁のマル暴……」

平岸が言う。「それって、ガチの話だな……」

「いや」

高尾が言った。「だから、あくまでも噂だ」

「でも、疑いがあるから、マロプラ企画を訪ねたんだろう？」

「ちょっと揺さぶりをかけてみただけだ」

「それで？」

「まだ、何とも言えない」

さっきは、柳田と二人で「怪しい」と言っていたのに、高尾はさすがに慎重だ。

「どんな話をしてきたんだ？」

「俺たちはあくまでも年少者であるミサキが事務所と契約することに懸念を抱いているという立場だった」

「それで？」

「まあ、先方の話の内容は実に良心的だったよ」

「半グレのことは訊かなかったの？」

「裏も取ってないのに、あからさまに訊くわけにはいかない。だから揺さぶりをかけるに止《とど》めたんだ」

「参ったな……」

「どうした？」

「ミサキを連れて話を聞きにいくってことになってるんだ」

「いつ？」

「明日だ。まさか、半グレの噂があるなんて……」

高尾は柳田に言った。

「どうしたもんかな……」

柳田が言った。

「本人が行けば、向こうの本音もわかるかもしれない」

「そうだな」

高尾は平岸に言った。「じゃあ、丸木がいっしょに行くから」

「え……」

丸木は驚いた。「自分がですか？」

「また三人が雁首《がんくび》並べて訪ねていったら、さすがに向こうも警戒するだろう」

「だからって、なぜ自分が行くんですか？」

「マロプラ企画とのやり取りを観察してくるんだよ。ミサキといっしょに行けるんだ。うれしいだろう」

「そりゃ、うれしいですが……」

つい本音がこぼれた。

「おまえなら、向こうもあまり警戒しないだろうしな」

何だかばかにされたような気がした。

平岸が言った。

「明日は顔合わせだから、いきなり契約って話にはならないと思うが……」

高尾が言った。

「俺たちは、マロプラ企画の連中の正体が知りたいだけだ」

「正体がわからないと、契約もできないじゃないか」

「だから、丸木がいっしょに行くんだよ」

丸木はうろたえた。

「いや……。自分にそんなことを見極められるとは思えないですし……」

「とにかく、見たままを報告してくれればいい」

何だかえらいことになってきた。

丸木はただおろおろするばかりだった。

15

平岸は、マロプラ企画の面々と西麻布交差点の近くのイタリアンレストランで待ち合わせをしているという。

約束の時刻は午後七時だ。

丸木はいろいろな意味でどきどきしていた。まず、ミサキと同席できること。これまでオルタードなどで何度か会っているが、会うたびに新鮮な喜びがある。

そして、マロプラ企画の正体がはっきりしないので不安だった。何かあれば、丸木一人で対処しなければならない。

丸木は、約束の時刻より十分ほど早くレストランに到着した。イタリアンには、タベルナとかトラットリアとかリストランテとか区別があるらしいが、丸木にはよくわからない。

どうやら、今回の店はトラットリアのようだ。ドレスコードもないし、雰囲気も大衆的だ。

七時五分前になると、マロプラ企画の三人がやってきた。マネージメント部の笠置、社長の栗原、副社長の梅田の三人だ。

「おや、刑事さん」

栗原が訝《いぶか》しげな顔で言った。「ここで何をなさっているのです?」

「あ、すいません。自分も話し合いに立ち会うことになりまして……」

梅田が言う。

「警察の方にご心配いただくようなことはないと申し上げているじゃないですか」

「それはそうなのですが……」

そこに、ミサキを連れた平岸がやってきた。

「あ、我々が最後ですか。お待たせしてすみませんね」

栗原が言った。

「警察の方がいらっしゃるとは思っていませんでした」

「あ、丸木さんとはミサキも知り合いでして……。熱心なファンで、何かと力になってくれるんです」

栗原が肩をすくめた。

「まあ、警察がいたところで困ることなどありませんがね……。では、食事を始めましょう」

六人が囲んでいるテーブルに飲み物や料理が運ばれてくる。大人たちはワインを飲み、ミサキと丸木は炭酸水のグラスを前に置いた。

丸木が酒を飲まないのは、勤務中だという自覚があるからだ。

平岸が言った。

「今日はただの顔合わせということでよろしいですね?」

栗原がうなずいた。

「そう思っていただいてけっこうです。そして、忌憚《きたん》ないご意見を聞かせていただければ……」

「まあ、ぶっちゃけ言うと、私ら音楽レーベルですので、原盤権をどうするかってことが、一番の関心事です」

「つまり、音源の制作費ですね。もちろん、その用意があります。ただ、すべての新譜の原盤権を持つということではなく、そのつど話し合いや確認が必要だと思います」

それからは音楽業界の専門的な話が続いたので、丸木はほとんど理解できなかった。それより、ミサキの隣に座ることになった幸運を神に感謝していた。

ミサキから強烈なオーラを浴びせられて、せっかくのイタリア料理の味もわからないほどだった。

一時間ほど経った頃、新たな来客があった。その客の一人が言った。

「おや、栗原さんじゃないですか」

栗原は驚いた様子で言った。

「あ、どうしてここに……？」

「いやあ、偶然ですよ。たまにはイタリアンでもと思ってね」

その男の顔を見て、丸木は目をむいた。

テルだった。そしてその連れはたしかヒトシという名の仲間だ。二人とも地味なジャケット姿だ。いつもの剣呑《けんのん》な雰囲気を隠している。

やはり、マロプラ企画はテルたちとつながっていたのだ。

栗原が言った。

「今、アーチストと打ち合わせ中でね。こっちの話が終わったら、ちょっと話しましょうか」

「わかりました。私たちは、あっちの席にいます」

丸木は一刻も早く、このことを高尾に知らせたいと思った。

平岸が栗原に尋ねた。

「今の方々は？」

「ああ……。私の個人的な知り合いです」

丸木は言った。

「川崎のテルとヒトシですね」

平岸が怪訝そうに丸木に尋ねる。

「知っているのか？」

「半グレですよ」

「何だって？　噂は本当だったってことか……」

栗原が平岸に尋ねた。

「何です？　その噂っていうのは」

平岸が栗原を見据えて言った。

「マロプラは半グレと関係があるという噂ですよ」

「彼らは私の個人的な知り合いだと言ったでしょう。会社とは関係ありませんよ」

「代表取締役のあんたが半グレと関わっているんです。会社が無関係とは言い切れないでしょう。とにかく、契約の話はなかったことにさせていただきますよ」

「なぜです？」

栗原は不思議そうな顔をして言った。「何か不都合なことがありますか？」

丸木は気づいた。栗原の、テルを見たときの驚いた顔も、この不思議そうな表情も、すべて演技なのだ。

平岸が言った。

「反社が関わっている会社と契約を結べるはずがないだろう」

栗原は言った。

「繰り返しますが、彼らは私の個人的な知り合いであって、会社とは関係ありません」

梅田が言う。

「もし、彼らが暴力団ならおっしゃることもわかりますよ。排除条例がありますからね。暴力団関係者と契約を結ぶのはまずい。しかし、彼らは暴力団ではありません」

丸木は言った。

「警察庁は、半グレを準暴力団と呼んで取り締まることにしたんですよ」

すると梅田がそれにこたえた。

「それは警察の事情でしかありません。法的には、テルたちは暴対法にも排除条例にも抵触しないんです」

「そういう問題じゃない」

平岸が言った。「怪しげな連中に、ミサキを預けるわけにはいかない」

「反社が関わっている会社と契約は結べないとおっしゃいましたがね」

栗原が言った。「昔は芸能界なんて反社だらけでしたよ」

平岸が言う。

「だから何だ。昔のことなど知ったこっちゃない。とにかくミサキがあんたらと契約を結ぶことはない」

「ご本人のお気持ちはどうなんでしょうね？」

「何だと？」

「ご本人は案外、そういうことにはこだわらないのではないですか？」

平岸がミサキを見た。

ミサキは言った。

「さて、顔合わせは終わったわよね。じゃあ、帰りましょう」


ミサキに断られたら、栗原も何も言えない。

ミサキ、平岸、丸木の三人は席を立った。店を出ても、テルたちが追ってくるのではないかと、丸木は気が気ではなかった。

「早く、この場を離れてください」

丸木の言葉に、平岸がこたえた。

「ああ、わかってるよ」

彼はタクシーを拾って、ミサキとともに乗り込んだ。

「じゃあ、また連絡する」

タクシーが走り去ると、丸木も足早にイタリアンレストランから離れた。レストランから誰も出てこないことを確かめ、路地を曲がったところで高尾に電話をした。

「どうした？」

「ミサキとマロプラ企画の顔合わせの席に、テルとヒトシが現れました」

「ふん。そんなことだろうと思った」

「社長の栗原は、テルとは個人的な付き合いで、会社とは関係ないと言ってました」

「半グレと個人的な付き合いがあるだけでアウトだろう」

「ミサキと平岸さんは、タクシーで帰りました」

「しかし、顔合わせの場所にテルを来させた理由がわからないな……」

「テルは偶然だと言ってました」

「そんなわけないだろう。栗原が呼んだか、そもそもミサキとの顔合わせをテルが仕組んだか……。そのどちらかだろうが、いずれにしてもその場にテルが顔を出す理由などないはずだ」

丸木はしばらく考えてから言った。

「たしかに、マロプラ企画がミサキと契約を結ぶためには、テルのことは隠しておいたほうがいいですよね」

「テルたちにしても、表に出ずに暗躍しているほうが利があるだろう」

「反社の連中の考えることなんて、わかりませんよ」

しばらく無言の間があった。

「何か理由があるはずだが、今は考えている余裕はない」

「そちらでも何かあったんですか？」

「賀茂がまた、姿を消したようだ」

「え……」

「オズヌが降りてきて、川崎に向かったのかもしれない」

「川崎に……」

「そういうわけで俺は、これから川崎に行く。川崎署で合流しよう」

丸木は思わず時計を見た。午後九時を過ぎていた。

今から川崎か……。溜め息が出そうだった。

「わかりました」

丸木はこたえた。「すぐに向かいます」


午後十時頃、川崎署に着いて強行犯係に行くと、すでに高尾、江守、細田が顔をそろえていた。

高尾は丸木を見ると言った。

「これから銀柳街に行く」

「サムたちの溜まり場ですか？」

「そうだ。テルたち半グレは東京にいた。消去法で考えれば、オズヌはサムたちに会いにいった可能性が大きい」

江守が言った。

「できれば、夜の銀柳街には近づきたくないけどな」

細田が言った。

「俺も同感だが、そんなことを言ってたらマル暴はつとまらない」

高尾が言った。

「とにかく、行ってみよう」

万が一に備えて、拳銃を携行しようということになった。

「え……。自分は持ってきてませんよ」

「いいさ」

高尾が言った。「どうせ撃つことはないんだ」

一発撃つごとに詳細な報告が必要になる。それが面倒だから、日本の警察官は滅多に発砲しない。

それで外国人の犯罪者になめられるのだが……。

思い込みかもしれないが、夜の銀柳街は、やはり剣呑な雰囲気だ。丸木は、はらはらしながら、高尾についていった。

江守と細田は背後にいる。

やがて、サムたちの溜まり場であるカラオケ店の前にやってきた。だが、彼らの姿はなかった。

江守と細田が周囲を見回し、短い言葉のやり取りをしている。高尾が彼らに尋ねた。

「やつら、どこにいるんだ？」

「さあな」

細田が言った。「ギャングだって、街に繰り出したくない日はあるだろう」

高尾がさらに言う。

「彼らの姿が見えないのは、賀茂と何か関係があると思わないか？」

江守と細田が顔を見合わせた。

細田がこたえた。

「可能性はあるな」

「やつらのヤサはどこだ？」

「詳しくは知らない。神出鬼没ってやつだ」

「銀柳街を溜まり場にしているということは、川崎市内にねぐらがあるってことだろう？」

「外国人がたくさんいる地域がある。そのあたりに寝泊まりしているんだろうが、正確な場所は知らない」

「知っていそうな人物がいるな……」

高尾の言葉に、細田がうなずいた。

「葛城だな」

「行ってみよう」

江守が言った。

「じゃあ、いったん署に戻って車で出かけよう」

高尾の車を川崎署に置いてきていた。それで出かけようというのだ。四人は川崎署に戻り、車に乗り込んだ。


ハンドルを握ったのは高尾だ。前回と同様にカーナビを頼りに葛城のもとに向かった。

一言寮に到着したのは、午後十時半近くのことだった。

「まだいるかな……」

細田の言葉に、高尾がこたえた。

「とにかく、訪ねてみよう」

一言寮の事務所にはまだ明かりが点っていた。声をかけると、葛城本人が窓口に顔を出した。

「刑事さん……。こんな時間に何です?」

高尾が言った。

「まだ残っていらっしゃるんですね。ダメ元で訪ねてみたんですが……」

「……というか、ここは私の自宅でもありますので……」

「ご自宅?」

「はい。空いている部屋で寝泊まりしています。別の場所に部屋を借りていたこともあるんですが、ここにいることのほうが多いので、結局ここで暮らしはじめました」

「先日話をした高校生が、また行方をくらましました。もしかしたら、サムたちと会っているのではないかと思いまして」

「サムたちと……？」

「確かな話じゃないんですが、その高校生を一刻も早く見つける必要があるんです。ですから……」

「サムたちがどこにいるのか知りたいと……？」

「はい。そういうことです」

「サムの自宅を知っていますか？」

高尾はかぶりを振った。

「いいえ、私たちは知りません。もし、あなたが知っていたら、教えてほしいんです」

「ちょっと待ってください。私もいっしょに行きましょう」

葛城は事務所の奥に引っ込んだ。パソコンのモニターを閉じると、事務所を出て、丸木たちがいる玄関にやってきた。

高尾が言った。

「車に五人乗ると、少々窮屈ですが……」

葛城がこたえた。

「私の車を出します」

「助かります。では、あとについていきますので……」

葛城は、敷地内の駐車スペースから、銀色のハッチバックを出した。丸木たちは全員車に戻り、高尾は葛城の車のあとを追った。

江守が言った。

「港のほうに向かっているようだな」

その言葉のとおり、車は港の方向に向かっているようだ。やがて、葛城の車が停まったのは、港というより運河にほど近い場所で、工場と倉庫と粗末な住宅が混在しているような地域だった。

建物は密集しているが、あまり人気《ひとけ》がない。丸木は、不気味な一帯だと感じた。

車を降りた葛城は、古い二階建てのアパートに向かった。外に階段があり、部屋のドアが並んでいる。

葛城は一階の部屋のドアを叩いた。

「サム君。いますか？」

返事はない。

葛城は同じことを繰り返した。

「サム君。いますか？　葛城です」

それでも反応がない。留守なのではないかと丸木が思ったとき、ようやく細くドアが開いた。チェーンをつけたままのようだ。

そこに凶悪な眼をしたサムの顔がのぞく。

葛城は笑みを浮かべて言う。

「この人たちは、知り合いの高校生を捜しているんだ。その生徒が、もしかしたらサム君たちと会っているんじゃないかと言っている」

葛城は振り向いて、高尾に尋ねた。「その高校生の名前は？」

「賀茂晶。あるいはオズヌ」

葛城は再びサムに向かって言った。

「聞いてのとおりだ。知らないか？」

ドアが閉まった。

拒否されたのだと、丸木は思った。だが、葛城はその場を動かない。

やがて、チェーンの音が聞こえて、再びドアが開いた。ドアを閉じたのはチェーンを外すためだったようだ。

サムは黙って、一歩下がった。入れ替わるように奥から賀茂が姿を現した。

高尾が言った。

「やっぱり、サムといっしょだったか……」

「前鬼・後鬼のともがらか？　高尾と申したか……」

「あ、オズヌだな」

「いかにも、ワが名はオズヌ」

「ここで何をしていたんだ？」

「話をしておった」

サムは何も言わない。賀茂の背後から高尾たちを睨みつけている。

「話をしていた……？」

葛城が驚いたように言った。「サム君は、なかなか話をしてくれないのだがな……」

賀茂が葛城を見た。

「ナぱ、葛城にやある」

高尾が言った。

「あなたは葛城かと尋ねているようです」

葛城が賀茂を見て言った。

「はい。私は葛城と申します」

そして、言葉を続けた。「賀茂役君《かもえんのきみ》でいらっしゃいますね？」

高尾が小声で丸木に言った。

「ほらな。この人は、オズヌのことを受け容れると思ったんだ」

賀茂が葛城に言った。

「うぉ。しかり」

「はい、そうです」と言ったようだ。

「どうやったらサム君と話ができるのですか？　その方法をうかがいたい」

賀茂が言った。

「ナ、まおせ。ナのつとめなれば」

16

葛城が助けを求めるように、高尾を見た。

高尾は賀茂に言った。

「できるだけ俺たちの言葉を使うんじゃなかったのか？」

賀茂は一度高尾を見て、それから葛城に目を戻した。

「ナもサムらと話すがよい。それが、ナのつとめなのだから」

かなりわかりやすくなった。

葛城が聞き返した。

「私のつとめというのは、保護司のことでしょうか？」

「ホゴシ……？」

「罪を犯し、咎《とが》めを受けた人が立ち直って世の中で普通に暮らせるように手助けをする者です」

「否。ナのつとめとはそのことではない」

「では、何のことでしょう？」

「賀茂の民と葛城の民が行うつとめのこと」

「あ……」

葛城が言った。「一言主を祀ることでしょうか」

「しかり」

「そう言われても……」

葛城は戸惑ったように言った。「どうしていいのかわからないな……」

すると、賀茂は振り返ってサムに言った。

「ナレ、出《い》でよ。カの者と話すべし」

部屋を出て、葛城と話をしろと言っているのだ。

すると、サムが言われたとおりに部屋から出てきた。それだけではない。彼の仲間も部屋の中から現れたのだ。

丸木は緊張した。相手は、ただの少年ではない。細田によると「すぐに刺す」ような連中なのだ。

少年たちは全部で四人だった。

彼らは、凄んでいた。丸木たちの素性に気づいているのだ。警察に対して反感をむき出しにしていた。とても話ができる雰囲気ではない。

葛城もどうしていいかわからない様子だ。

賀茂が言った。

「修、春彦、ガブリエル、遼太郎。カの者たちは、敵《あた》にあらず。ワに語ったように、話すがよい」

その言葉を聞き、葛城が我に返ったように言った。

「そうか。サムの本名はサントス修だったな。ハルはレイエス春彦、ガブリエル・ドミンゴがガビと呼ばれていて、島田遼太郎がリョウと呼ばれている。そうですね？」

賀茂がうなずいた。

「それがカの者たちの名だ」

丸木は思わず「あっ」と声を洩らした。

高尾が「どうした」と尋ねた。

「今、オズヌが彼らの名前を呼びましたね」

「そうだな」

高尾も気づいたようだ。「サムたちは、オズヌに操られてるのかもしれない」

「否」

賀茂が言った。「ワの術にあらず。修らは自らワに語った」

丸木たちの話が聞こえて、それを否定したのだ。サムたちは、オズヌに操られて話をしたわけではない。自らの意志で賀茂と話をしたのだということだろう。

葛城がサムに話しかけた。

「賀茂君とは、どんな話をしたんだ？」

サムの眼は、まだ反感を宿しているが、先ほどよりは幾分和らいでいるように見えた。

葛城がさらに言った。

「私とも話をしてくれるとありがたいんだが……」

サムは口を開こうとしない。ただし、憎しみをむき出しにするようなことはなかった。彼は明らかに戸惑っているのだ。

「別にたいした話はしてねえよ」

そうこたえたのはリョウこと島田遼太郎だった。

葛城は彼に言った。

「共通の話題があったということだろう？」

リョウが言った。

「こいつ、変な言葉を使うからよ。ちょっと面白くてよ」

「ああ……。古い日本語を使うようだね。よく彼の言葉が理解できたね」

「言葉なんてよ、半分わかればいいんだ」

それからリョウは付け加えるように言った。

「サムやハルたちの言葉だって、半分くらいはわからない。ガビの言葉だってわからないことがある。それでも、話はできる」

葛城はサムに言った。

「いつもはタガログ語を話しているのか？」

サムはこたえない。

「でも、私の言っていることはわかるんだね？」

サムはむっとした顔でこたえた。

「日本語、話せる」

片言だった。

「そうか。そうだよね。日本で暮らしているんだからな」

サムは、付け加えるように言った。

「話せる。でも、うまくない。マムとはタガログ語。だから、日本人にばかにされる」

「でも、リョウはばかにしないだろう？」

サムは葛城を睨んで言った。

「リョウの親の親、中国で育った」

中国残留邦人三世ということだろう。

リョウが言った。

「じいちゃんは日本語がしゃべれなかった。みんなに中国に帰れといじめられたらしい。日本人なのにな。オヤジもおふくろも日本語はあまりうまくなかった。まともな仕事が見つからないから、いつも貧乏だった」

ガビが言った。

「ブラジル帰れと言われる。でも、ブラジルに家はない。日本で生きていくしかない」

葛城は真剣な眼差しを彼らに向け、話に耳を傾けている。賀茂は、ただ穏やかに彼らを眺めているだけだ。

四人の警察官は、為《な》す術《すべ》もなくただ立ち尽くしていた。

ガビが話し終えると、葛城は時計を見た。

「十一時半か。今日はもう遅い。また、明日このように話をしたいんだけど、どうだろう?」

サムはしばらく考えている様子だった。その眼から疑いの色は消えていない。彼らの抱いている猜《さい》疑《ぎ》心《しん》を取り除くのは至難の業だと、丸木は思った。

そのまま何も言わないのではないかと思うくらい、サムは沈黙していた。が、やがて言った。

「賀茂がいっしょなら……」

「私もそのほうがいいと思う」

葛城はうなずいてから、賀茂を見て言った。「明日もここに来てくれるか?」

賀茂はかぶりを振った。

葛城は尋ねた。

「来てくれないということか?」

「来ることはない」

賀茂がこたえた。「このままここにおる」

このままここにいるから、改めて来る必要はないということだ。

それを聞いた高尾が言った。

「待てよ。このままおまえをここに置いていくことはできない。いっしょに来てもらうぞ」

賀茂が高尾を見て言った。

「高尾は氏か姓であろう。名は?」

高尾は顔をしかめた。

「よせよ。俺を操るつもりか」

「ワの思いを妨げんとする者あらば、術をかけん」

「わかったよ。思い通りにすればいい」

丸木は驚いて尋ねた。

「いいんですか？」

「しょうがないさ。まあ、オズヌなら何があってもだいじょうぶだろう」

「オズヌが帰っちゃったらどうするんです？」

「この状況で、賀茂を残して行きはしないだろう」

葛城がサムに言った。

「では、明日の午後三時ではどうだろう？」

サムは無言でうなずいた。

結局、葛城と丸木たち四人の警察官は、五人の少年を残してその場を去ることになった。

車のところに戻ると、葛城が言った。

「彼らがあんなにしゃべってくれたのは初めてのことです」

彼は興奮気味だった。「これは、信じられないくらいの前進です。これも、賀茂君のおかげなのですね」

「そうかもしれません」

高尾が言った。「しかし、俺には賀茂がなぜサムたちのところに行ったのか、その理由がいまいち理解できないんです」

「わざわざ横浜から川崎にやってきたわけですね？」

「そうです」

「私にはその理由がわかる気がします」

「何です？」

「一言主ですよ」

「神様が何だと言うのです？」

「悪い事も善い事も一言で言い離つ神。言霊の神……。つまり、一言主というのは言葉そのものなのではないかと思います」

「言葉そのもの……」

「はい。言葉というのは大切なものです。賀茂君はそのことをよく知っていたのではないでしょうか」

「賀茂が一言主と言ったのは、そういう意味だったということか……」

「言葉を交わせないと、疑いが生じ、誤解が生じ、恐れが生まれます。そして互いに敵対し合うことになります。そして、自分を語る言葉を持たないのはとても辛《つら》いことです」

「日本語がうまく話せないサムやその仲間は、そういう苦しみを抱えていたということですか？」

「言葉をうまく交わせないことによる誤解や恐れから差別が生まれます。彼らは幼い頃からずっと差別を受けてきたのでしょう」

「自分を語る言葉を持たないのは辛いことだと言いましたね？」

葛城はうなずいた。

「サムたちは、ずっとその苦しみの中にいたのでしょう」

「話を聞こうとしても、彼らはしゃべらなかったのでしょう？」

「立場が対等ではなかったからでしょう」

「対等ではない？」

「彼らにしてみれば、私は差別をする側の人間ですから……。しかし、賀茂君は違った」

「年齢が近いからでしょうか？」

「それもあるでしょうが、あの言葉ですよ。あの妙な言葉のおかげで、サムたちはコンプレックスを感じなかったのでしょう。賀茂君がふざけてあんな言葉を使っているわけではないことは、サムたちにはすぐにわかったはずです。彼らはそういうことには敏感です。そして、あの言葉に興味を持ったのではないでしょうか」

「オズヌが降りているときは、俺たちにも理解できないことがあります」

「おそらくは、役小角の時代の言葉なのでしょう。よほどの古語マニアか、そうでなければ……」

「そうでなければ？」

「本当に役小角が降臨しているのでしょうね」

「それを信じるのですか？」

「どうでしょう。信じるかと訊かれたら首を傾げざるを得ません。しかし、サムたちとあんなに話ができるなんて、奇跡ですからね。本当の役小角でなければ、あんな奇跡は起こせないでしょう」

「賀茂は、一言主の力を借りると言ったのですが、それはつまり、言葉の力を借りるということだったのでしょうか？」

葛城はうなずいた。

「そして、一言主を祀る氏族の末裔である私には、言葉を尽くして彼らと向かい合う義務があると、彼は言ったのだと思います」

「たしかに奇跡だな……」

そう言ったのは江守だった。「今までサムたちは怪物か野獣だと思っていたが、今日は人間に見えた」

「間違いなく人間ですよ」

葛城が言った。「きっと彼らは、言葉にできない多くの思いを抱えているんです」

葛城が自分の車で一言寮に帰り、警察官たちは高尾の車に乗り込んだ。高尾が後部座席の二人に尋ねた。

「川崎署でいいか？」

江守がこたえた。

「ああ。えらい残業になっちまったがな……」

細田が言った。

「残業でもいいさ。なにせ、奇跡を見られたんだからな」

丸木は高尾に言った。

「葛城さんは、オズヌ降臨を受け容れちゃったみたいですね」

「俺の言ったとおりだろう。さすがは葛城氏の子孫だ」

「一言主が言葉そのものだというのは、納得できる気がします」

「言葉か……」

高尾が言う。「そう言えば、赤岩は昔に比べればしゃべるようになったな」

「そうですね」

「オズヌは言葉の大切さを知っていたし、サムたちが言葉のせいで苦しんでいることを感じていたのかもしれない」

「どうして、サムたちのことを知ったのでしょう？」

「霊界のネット検索だろう」

「はあ……」

「オズヌはサムたちの激しい苦しみを感じ取り、救わなければならないと思ったのだろう」

「一言主の力を借りて……」

「そうだ」


川崎署で江守と細田を降ろすと、車は横浜に向かった。

ハンドルを握る高尾が言った。

「明日三時だ。二時半には本部を出よう」

「え……？」

丸木は思わず高尾の横顔を見た。「サムのところに行くんですか？」

「当たり前だろう。あのまま賀茂を放っておくわけにはいかない。それに、少年事案でもある。俺たちの仕事だよ」

「わかりました」

できるだけサムたちとは関わりたくないが、そんなことは言ってはいられない。「それで、マロプラ企画のほうはどうします？」

「取りあえず、相手の出方を待つしかないな。具体的な犯罪事実がなければ、テルたちには手が出せない」

「梅田も言ってましたが、暴対法や排除条例じゃやつらに対処できませんからね」

「平岸との連絡を絶やすな。ミサキに万が一のことがあるといけない」

「はい」

自宅の近くで丸木を降ろすと、高尾の車は走り去った。


翌朝の九時に、丸木は高尾に言われたとおりに平岸に電話してみた。

「何だよう、こんな時間に……」

完全に寝起きの声だ。

「もう九時ですよ」

「音楽業界は朝が遅いんだよ。何の用？」

「その後、何かなかったかと思って……」

「昨日の今日だよ。何もないよ」

「ミサキも無事ですね？」

「無事だよ」

「気をつけてください。何かあったらすぐに連絡をください」

「わかってるよ」

丸木は電話を切った。

その日の午後二時頃、見知らぬ番号からの着信があった。

「はい……」

「あ、丸木さん？　ミサキだけど」

一瞬声が出なかった。

「え……？　本物？」

「当たり前じゃない」

「何かありましたか？」

「マロプラ企画から連絡があった」

「マロプラ企画から……？　平岸さんのところにじゃなくて、直接？」

「そう。だから、平岸さんに番号を聞いて電話したんだよ。今から会えない？」

「どこでですか？」

「オルタードで待ってる」

電話が切れた。

二時半には川崎に向かうことになっている。丸木はすぐに高尾に相談した。高尾は即座に言った。

「オルタードに行こう」

「サムたちのところは？」

「何とか間に合わせる」

高尾の車ですぐにオルタードに向かった。

店は準備中で、田崎、平岸、そしてミサキの三人が丸木と高尾を待っていた。

高尾が尋ねた。

「マロプラ企画がミサキに直接連絡を取ってきたって？」

ミサキがこたえた。

「私なら言いくるめられると思ったんじゃない？」

「もしかしたら、テルたちが乗り出してくるための前哨戦《ぜんしょうせん》かもしれない」

「前哨戦？」

「マロプラ企画で手に負えなかったら、テルたちが出てきて実力行使という寸法だよ」

高尾の言葉に、平岸が言った。

「警察の力で何とかならんのか」

「できる限り対処しますよ。今日はこれから行くところがあるんで、その用事が済んだら対策を考えましょう」

ミサキが尋ねた。

「どこに行くの？」

「川崎だ。賀茂がいるんだ」

ミサキの眼が輝く。

「え？　オズヌがいるの？　じゃあ、私も行く」

丸木は目を丸くした。

「だめですよ。危険なんです」

「オズヌがいればだいじょうぶでしょう。絶対行くから」

高尾が言った。

「だめだと言っても聞かないだろうな」

「聞かない」

「わかった。じゃあ、いっしょに来るといい。急ごう」

高尾とミサキが出入り口に向かう。

「え……」

あっけにとられていた丸木は、慌てて二人のあとを追った。

17

「ミサキを連れていくなんて、無茶じゃないですか？」

助手席の丸木が言うと、それにこたえたのは、運転席の高尾ではなく、後部座席にいるミサキ本人だった。

「ちっとも無茶じゃない。私がいたほうが、オズヌが落ち着けるのよ」

「そうかもしれない」

高尾が言った。「ミサキは依巫だからな」

「本気で言ってます？」

丸木は言った。「ギャングの住処《すみか》に連れていくんですよ。彼女が危険じゃないですか」

「ミサキが言ったとおり、オズヌがいればだいじょうぶだろう。そして……」

「そして？」

「おまえ、命を懸けて彼女を守る覚悟くらいはあるんだろう？」

「そりゃありますが……」

「オズヌとおまえがいればだいじょうぶだ」

「万が一、オズヌがいなかったらどうするんですか。いつ賀茂君に降りているかわからないんでしょう？」

「それなんだが……」

高尾が思案顔で言った。「ミサキが保険になるんじゃないかと思うんだ」

「保険……？」

「たしかに、おまえが言うとおり、オズヌがいつ賀茂に降りているかわからない。だが、ミサキがいればオズヌを呼べるんじゃないかと……」

「彼女がオズヌを呼ぶ……」

「何せ、依巫だからな。そして彼女は、オズヌがいるとそれを感じることができるんだ。そうだろう？」

ミサキがこたえた。

「なんとなく、いるのはわかる」

「ミサキが呼べば、オズヌは降りてくるかもしれない」

「そんなことが……」

「もし、そうでなくても、彼女の役割があるはずだ」

「役割……？」

「オズヌがそれを求めているんだ。彼女がサムたちのところに向かうのも、すでに織り込み済みなんじゃないか」

丸木は訳がわからず尋ねた。

「どういうことです？」

「オズヌにはすべてお見通しってことさ。神霊って、そういうもんじゃないのか？」

「はあ……。自分にはよくわかりません」

「だからさ、ミサキがサムたちのところに行くことにも、何か意味があるんだと思う」

とても納得できる話ではない。「神霊って、そういうもんじゃないのか」などと言われても、丸木にはさっぱりわからないのだ。

だが、高尾に言われると、なんだかそんな気がしてくる。それが不思議だった。


サムたちが住むアパートの前に到着したのは、午後三時五分だった。約束の時間を少しだが過ぎており、すでにそこにはサムとその三人の仲間、葛城、賀茂が顔をそろえていた。

彼らは部屋の中ではなく、アパートの外で話をするようだ。

サムがアパートの玄関前にあるコンクリートの段差に腰を下ろしている。それを囲むように三人の仲間が立っていた。

葛城と賀茂が、彼らと向かい合い、並んで立っていた。

丸木たちが車から降りると、江守と細田が現れた。彼らは離れた場所から様子をうかがっていたのだろう。

高尾が尋ねた。

「どんな様子なんだ？」

細田がこたえた。

「まだ何も始まっていない。俺たちが近づくと、やつら反感をむき出しにするんで、どうしようかと思っていたところだ」

「こんなところにいてもしょうがないだろう。話が聞けるところまで近づこう」

江守が言った。

「ええと……。この娘さんは？」

高尾がこたえた。

「知らないのか？　彼女がミサキだよ」

「え？　あのミサキなの？」

「どうしてここにいるかは訊かないでくれ。説明するのが面倒なんだ」

細田が言ったとおり、警察官たちが近づいていくと、サムとその仲間は敵意をむき出しにした。

それを見て、賀茂が言った。

「な案じそ。カは敵《あた》にあらざれば」

サムの体から闘気が抜ける。

そのとき、リョウが「あっ」と声を上げた。

サムがリョウを無言で見る。

リョウが目を見開いて言った。

「ミサキだよな……」

ガビがそれに応じた。

「ミサキ……？」

ハルがリョウ同様にぽかんとした顔で言った。

「ホントだ。ミサキだ……」

サムが立ち上がった。驚きの表情でミサキを見つめている。

「さすがだな」

高尾が言った。「彼らもミサキのことを知っているらしい」

葛城が高尾に言った。

「私も知ってますよ。今大人気のミュージシャンですよね。どうしてここに……」

細田が言った。

「ここに来た訳は訊かないでくれって言われたんだが……」

高尾がこたえた。

「説明してもいいが、信じないだろう。ミサキはな、おそらくオズヌに呼ばれたんだ」

葛城が聞き返す。

「オズヌに呼ばれた……？」

「そう。彼女はオズヌの依巫だ」

「え？　彼女にもオズヌが降りてくるということですか？」

さすがに、神職の家系だけあって、依巫という言葉を知っているらしい。

「そう。賀茂にはどしんと全身で降りてくるが、彼女にはちょっと腰かけ程度に降りてくるようだ」

「あ、ひょっとして……」

葛城が言った。「彼女の歌には、飛鳥時代の言葉が使われていると聞いたことがありますが、それもオズヌのせいなのでしょうか」

ミサキがこたえた。

「私が表したい気持ちを、オズヌが言葉にしてくれるの」

リョウが言った。

「ああ、そうか。あの歌の中の言葉は、賀茂が使う言葉と同じなのか……」

葛城がリョウに尋ねた。

「ミサキの歌を知っているんだね？」

「知ってるさ。曲は全部ダウンロードしてる」

ガビが言った。

「俺も聴いてる。新曲も知ってる」

すると、負けじとハルも言った。

「いつか、ライブに行きたいと思っていた」

彼らは、凶悪なギャングの顔ではなく、少年の顔になっていた。

驚いたことに、サムまでがそうだった。彼は、ミサキに言った。

「歌の中の、あの言葉が好きだ」

ミサキがほほえんだ。

「歌、聴いてくれてうれしいよ」

ハルが言った。

「会えるなんて思ってなかった」

ミサキがハルに言う。

「ライブ来たかったたって、本当？」

「ああ。もちろん本当だ」

「じゃあ、ここで歌うよ」

少年たちは、目を丸くする。彼らの訝る様子をよそに、ミサキはアカペラで囁《ささや》くように歌いはじめた。

とぅきぽしぴかりてあめのしたぴとりかなし

うみわたりゆかむなぬむとぅぬ

少年たちの眼はミサキに釘付《くぎづ》けだった。彼らは身じろぎもせずに聴き入っている。

丸木も同様だった。まさか、ここでミサキの歌を聴けるとは思ってもいなかった。

ミサキが歌い終わったとき、その場の張り詰めた空気はすっかりなごんでいた。サムたちのむき出しの敵意は霧散し、彼らは無邪気に喜んでいた。

「鎧《よろい》を脱いだな」

高尾が言った。それに応じたのは葛城だった。

「はい。彼らは警戒心を解いたようです」

「ミサキの歌はたいしたもんだ」

高尾が丸木に言った。「これが、ミサキの役割だったのかもしれない」

「え……？」

「サムたちは、俺たちに対する憎悪や反感を、一時的にせよ忘れた。彼らがミサキのファンだったからだ。ミサキにしかできない芸当だし、オズヌならこうなることを予想できたはずだ」

たまたまではないかと、思わなくもなかったが、丸木は心のどこかで高尾の言うとおりかもしれないと考えている自分に気づいていた。

賀茂がミサキに言った。

「ワに代わりて、言葉伝《くとうば》えよ」

「オズヌが私を通して話をするって」

葛城が言った。

「じゃあ、話を始めようか」

サムが先ほどと同じところに腰を下ろした。すると、三人の仲間も彼と並んで座った。

葛城が地面にあぐらをかき、彼らと向かい合った。その両脇に賀茂とミサキが立っていた。

丸木たち四人の警察官は、葛城たちの後ろに立って、なりゆきを見守っている。

ミサキがサムたちに言った。

「言いたいことは、何でも言っていいって、オズヌが言ってる」

リョウが言う。

「言いたいことって言ってもよ。別に何もないぜ」

「そんなはずはないって、オズヌが言ってるよ。私に……、つまり賀茂君に話したように、話せばいいって」

四人の少年は互いに顔を見合った。

やがて、サムが言った。

「賀茂に話したこと、別にたいしたことじゃない」

葛城が言った。

「どんなことでもいいんだ。話してくれるだけでありがたい」

サムがガビを見た。

ガビが話しだした。

「ブラジルに帰れと言われる。悔しかった」

「俺もそうだ」

ハルが言った。「日本にしか家がない。なのに、帰れと言われる。帰るところなんてない」

リョウが言った。

「じいちゃんは、中国に帰りたいと言っていたらしい。でもな、じいちゃんは日本人なんだ」

再びサムが口を開いた。

「マムと二人で生きていく。それの何が悪い。仕事ない。でも金がいる。どうしたらいい……」

それから、堰《せき》を切ったように彼らは、生い立ちを語りはじめた。葛城は熱心に耳を傾け、相槌を打った。

彼らは入れ代わり立ち代わり三十分以上話しつづけた。流暢《りゅうちょう》な日本語とは言えないが、言いたいことは充分に伝わった。

最後にサムがもどかしげに言った。

「言葉、うまくない。だからうまく話せない」

ミサキが言う。

「言葉がうまくなくても関係ない」

「でも、うまく話さないと、聞いてくれない」

「いい？　言葉は音に乗るの」

「音に乗る？」

「そう。メロディーに乗る。そして歌になる」

「歌に……」

「簡単な言葉でも力を持っている。オズヌがそう言っている」

それを聞いた葛城がミサキに言った。

「賀茂役君は、私につとめを果たせとおっしゃった。それは、言葉を尽くして彼らと向き合えということだったのですね」

ミサキがうなずいた。

「そのとおりだと、オズヌが言っている」


葛城がまた話をする約束をサムと取り付けた。サムはふてくされたようにぶっきらぼうだが、照れているのだろうと、丸木は思った。

葛城が車に乗り込んで去っていった。

「ミサキ」

高尾が言った。「オズヌにいっしょに車に乗るように言ってくれ」

「ええと……」

ミサキがこたえた。「オズヌなら、もう帰っちゃったけど……」

「え……」

丸木と高尾が同時に賀茂を見た。

賀茂は戸惑った様子で言った。

「あの……。すいません。また、勝手に川崎に来ちゃったみたいで……」

高尾が言った。

「アパートまで送ろう。ミサキといっしょに車に乗ってくれ」

「はい」

賀茂がぎこちない視線をミサキに向けて言う。「オズヌが普通に話しかけてましたよね？」

「いつもそうよ」

「僕も、操るんじゃなくて、ちゃんと話をしてくれるように言ってもらえませんか？」

「あなた、マッチングがよすぎて、すっぽりはまっちゃうのよ。だからオズヌと一体化しちゃう。同じ一族だからかしらね。それって、すごいことだよ」

「すごくなくてもいいから、普通でいたいなあ」

「えーっ。私、普通でいたいなんて思ったこと一度もないけど」

だから今のミサキがいるのか。

二人の話を聞きながら、丸木はそんなことを思っていた。


車のそばにいた細田が言った。

「たまげたな。サムたちギャングとコミュニケーションが取れるなんてな……」

高尾が言った。

「あとは、葛城さんと協力してくれ」

「わかった。いや、本当に奇跡だな」

「奇跡と言えば」

江守が言った。「ミサキが目の前にいて、歌まで歌ってくれたなんて、奇跡だよ」

丸木は言った。

「まったく同感です」

丸木、賀茂、そしてミサキが乗り込むと、高尾は車を出した。アパートの前では、まだサムたちが座ったまま車のほうを見ていた。

銀柳街で見かけたような不気味さは感じられなかった。

「サムたちの警戒を解かせるのがミサキの役割だったわけだ」

運転席の高尾が言った。助手席の丸木はこたえた。

「そうかもしれませんね」

「そして、彼はミサキに通訳を頼んだんだな」

「はあ……。神霊が誰かに通訳を頼むなんてことがあるんでしょうか……」

「恐山《おそれざん》のイタコみたいな、口寄せって似たようなもんじゃないのか？」

「いや、ちょっと違うと思いますけど……」

後部座席のミサキが言った。

「ねえ？　私がいっしょに来てよかったでしょう？」

「ああ」

高尾がこたえた。「あんたと賀茂の言うことには逆らわないほうがいいようだ。つまりそいつは、オズヌが言わせていることなんだろうからな」

丸木は言った。

「水越先生や赤岩は、賀茂君のことを心配しているでしょうね」

「昨日、所在を確認した時点で、先生には電話したけどな……」

「え？　いつの間に……」

「おまえがサムたちにびびっている間に、だよ。もう一度電話して、いっしょに横浜に向かっていると伝えろ」

丸木は電話を取り出して、言われたとおりにした。

「無事なのね？」

「はい。これからアパートまで送ろうと思いますが……」

「アパートじゃなく、オルタードに来て。そこで待ってるから……」

「今、午後四時半を過ぎたところですけど、こんな時間にオルタードは開いているんですか？」

「バンドがリハーサルをやってるかもしれないけど、奥の事務所なら話ができるでしょう」

「わかりました」

電話を切ると、丸木は陽子の言葉を高尾に伝えた。

高尾が言った。

「ミサキも、行き先はオルタードでいいのか？」

「いいよ」

すると、賀茂が言った。

「あの……。僕は先生に叱られるんでしょうか？」

高尾がこたえた。

「そりゃ、先生の立場としてはそうするしかないだろう」

「理不尽だなあ……。川崎に行ったりするのは、僕の意思じゃないのに……」

「水越先生にもそれはわかっているさ」

消え入るような賀茂の声が聞こえる。

「そうですよね……」

そのとき、携帯の着信を知らせる振動があった。丸木のでも高尾のでもない。

背後で声がした。

「はい、ミサキです」

通話相手の話を聞いているらしい間があった。

「また、マロプラ企画から。どうすればいい？」

高尾がこたえた。

「かけ直すと言え。オルタードに着いたら、俺が電話する」

ミサキは言われたとおり「かけ直す」と言った。

「……で？」

ミサキが高尾に尋ねた。「どうするの？」

「マロプラ企画の背後の穴蔵にいるムジナをいぶり出してやろうじゃないか」

18

賀茂や高尾の予想に反して、陽子は賀茂を叱らなかった。賀茂を責めても仕方がないことは百も承知なのだ。

びくびくしている賀茂を叱れば、ただのいじめだ。彼女はそう考えているのだろう。

赤岩も陽子といっしょだったが、彼も何も言わない。

「……で？」

陽子が高尾に尋ねた。「賀茂君は、川崎で何をしていたの？」

「ギャングたちと話をしていた」

「ギャング……？」

「フィリピン人とのハーフやブラジル人、残留邦人三世なんかのグループで、川崎署でも手を焼く凶悪なやつらだったんだが……」

赤岩の眼が光った。

高尾は話を続けた。

「オズヌとミサキのおかげで、保護司と話をするようになった。彼らは、必死で自分自身を語る言葉を探していたようだ」

「オズヌとミサキのおかげ……？」

「驚いたことに、そのギャングたちもミサキのファンだったんだ。いやあ、ミサキの人気恐るべしだな」

「まあ、今や誰がファンでも不思議はないわね」

「それにな」

高尾が言う。「ミサキはオズヌの通訳をしてくれたぞ」

「通訳……？」

「オズヌが言うことを、ミサキの言葉で俺たちに伝えてくれた」

「賀茂君みたいに、オズヌの言葉を話したわけじゃないのね？」

ミサキが言った。

「オズヌは、私にはそこまでどっぷり降りてくれない。ちょっと離れたところから語りかけてくる感じだよ」

高尾が言った。

「やっぱり賀茂は特別だってことだ」

「通訳するミサキちゃんも充分、特別って感じだけどね」

「さて、俺はやることがある。賀茂のこと、頼めるか？」

賀茂が言った。

「いや……。僕は一人で帰れますよ」

「また、ふらふらとどこかに消えると困るから……」

陽子が言った。「アパートに帰るのを赤岩君と二人で見届けるわ」

賀茂はしゅんとなって何も言い返さなかった。

賀茂を連れて陽子と赤岩が事務所を出ていくと、そこには丸木、高尾、ミサキ、そして田崎が残った。

「電話を貸してくれ。ミサキからの着信なら先方は拒否しないだろう」

高尾がミサキに向かって手を差し出した。ミサキはそのてのひらに自分の携帯電話を載せた。

電話をかけると、高尾はしばらく待っていた。呼び出し音を聞いているのだ。

「神奈川県警の高尾といいます。あなたは？　栗原さん？　社長ですね。ならば、話が早い。何か言いたいことがあるなら、私がうかがいましょう」

それから、しばらく相手の話に耳を傾けている。やがて、高尾は言った。

「わかりました。これからそちらにうかがいます」

電話を切ると、それをミサキに返却した。

「行くって、どういうこと？」

ミサキが尋ねると、高尾はこたえた。

「あんたの代わりに俺が、マロプラ企画に行って話を聞いてくるってことだ」

「え？　私の代理人ってこと？」

「いや、別に契約の話をしに行くわけじゃない。あくまでも背後にいるやつを引きずりだしたいだけだ」

「半グレのこと？」

「ああ。やつらが何を企《たくら》んでいるのか突きとめないとな」

「じゃあ、私も行く」

「今回はだめだ。オズヌがいるわけじゃないしな」

「音楽業界のこととか言われて、誤魔化されたらどうするの？」

「あんた、業界のことに詳しいのか？」

「えーと。そうでもないけど、警察の人よりは詳しいよ」

田崎が言った。

「俺が行きたいが、店があるからな。今夜もライブがある」

高尾が丸木に言った。

「おい、ジェイノーツの平岸に電話してみろ」

「あ、はい」

丸木はすぐに電話した。

「あ、ミサキはだいじょうぶか？」

「ええ。今、オルタードにいます」

「マロプラ企画から直接電話があったと聞いたんで、心配してたんだが……」

「その件で、これから自分らがマロプラ企画に行くんですが……」

「自分らって？」

「自分と高尾です。ミサキも行くって言ってますが……」

「それ、絶対だめだからね」

「平岸さん、いっしょに行ってもらえませんか？　自分ら音楽業界のことをよく知らないんで、煙《けむ》に巻かれる恐れがあります」

「えー、これから？」

「他人事じゃないでしょう？　ミサキのことなんですよ」

「ああ、わかったよ。で、何時に行けばいい？」

「今から横浜を出ますので、十八時でどうですか？」

「十八時に、マロプラ企画だな。了解だ」

電話が切れた。

「平岸さん、オーケーです」

丸木が告げると、ミサキが言った。

「本人不在で契約の話するつもり？」

高尾がこたえた。

「契約のことなんて話すつもりはないと言っただろう。穴のムジナをいぶり出すんだって」


東京に向かう車の中で、丸木は言った。

「行ったら、テルたちが待ち受けているなんてこと、ないでしょうね？」

高尾がこたえる。

「さあな……」

丸木は、南浜高校の校門から見たテルたちの凶悪そうな様子を思い出して、ぞっとした。

「赤岩を連れてくればよかったですね」

「情けないこと言うな。警察官が少年に頼ったりしたら終わりだぞ」

「赤岩はただの少年じゃないでしょう」

「いいか」

高尾はハンドルを握り、正面を見つめたまま言った。「相手が誰だろうと、警察官は負けない。肝に銘じておけ」


マロプラ企画では、栗原、梅田、笠置涼子の三人が、丸木たちを待っていた。

栗原が言った。

「警察の方にお世話になるようなことじゃないと、再三申し上げているでしょう」

高尾がこたえた。

「ところがそうはいかない。俺たちは少年捜査課なんでな。少年を守るために働かなくちゃならないんだ」

「少年を守るため……」

「具体的に言うと、ミサキに対する何らかの犯罪や違法行為の疑いがあれば、検挙する」

「ミサキに対する犯罪も違法行為も、ありはしません」

「直接電話しただろう。強要罪や脅迫罪に当たるかもしれない」

「そんなことはしていません」

「少年に直接電話するのは問題じゃないのか」

栗原はあきれた顔になった。

「そんなこと言われちゃ、芸能プロダクションがスカウトすることもできないじゃないですか」

そこに平岸が到着した。

彼はすぐさま、栗原に抗議した。

「おい。俺の頭越しに、ミサキに電話するなんて汚いじゃないか」

「何ですか、いきなり」

「いきなりもへったくれもあるか」

「本人の意向を確かめただけじゃないですか」

「いくら意向を確かめたからって、契約はできないよ」

「本人が契約したいと言ったら？」

高尾が言った。

「ミサキは十七歳。つまり未成年だ。だから、制限行為能力者といって、法定代理人の同意が必要なんだ」

栗原は、一つ溜め息をついて言った。

「ここで立ち話もナンです。こちらへどうぞ」

そこは打ち合わせ用のブースだった。

テーブルを挟んで、ちょうど椅子が六脚ある。片側に三脚ずつだ。

マロプラ企画の三人が同じ側に並んで座り、テーブルを挟んで、丸木たち三人が対峙した。マロプラ企画の三人の中央が栗原、その向かいが高尾だった。

「会社まで訪ねてきたってのに、茶も出ないのか」

平岸がそう言うと、栗原が言葉を返した。

「そういう雰囲気じゃないでしょう」

たしかに茶を飲む雰囲気ではないと、丸木も思った。

それまで黙っていた梅田が言った。

「私どもは、ミサキが今後活動していく上での支えになりたい。そう考えているだけです」

平岸が言った。

「それについては、きっぱりと断ったはずだ」

梅田が言う。

「一度断られたくらいで諦めてちゃ、この世界を渡っていけませんよ」

「ミサキも断ったはずだ」

「いいえ。彼女からはまだ、はっきりとした返事をいただいておりません。ですから……」

そこから栗原が話を受け継いだ。

「彼女に電話して、返事を確かめようとするのは普通のことでしょう」

それに対して、平岸が言った。

「交渉なら、俺とすればいいんだ」

栗原が言う。

「本人にオファーするのは、スカウトとして当然のことでしょう。それを批判されたら、私たちの仕事はやっていけません」

「理由があるから断ったんだ」

「理由……?」

「とぼけるんじゃない。半グレと関係のある会社と、契約できるわけがないじゃないか」

高尾が言った。

「警察としては、聞き捨てならない話だな。繰り返すが、少年を危険な状態に置くわけにはいかないんだ」

栗原が高尾を見て言った。

「これは何度も説明していることですがね。我が社は半グレとは関係ありません」

それに対して平岸が言った。

「嘘をつくな」

「嘘ではありませんよ。会社の登記の書類や株の所有者を調べてもらえばわかります」

「そういうことじゃない。昨日、イタリアンレストランで話し合いをしているときに、半グレが現れてあんたと話をしているところを、そこにいる刑事さんも確認しているんだ」

平岸と栗原が丸木のほうを見た。

丸木は言った。

「はい。確認しました。あれはたしかにテルと呼ばれている半グレと、その仲間のヒトシでした」

「ほらな」

平岸が言った。「言い逃れはできないんだよ」

「ですから、彼らは会社とは関係がなく、私の個人的な知り合いだと言ってるじゃないですか」

「個人的な知り合いであってもアウトだよ」

平岸の言葉に続いて、高尾が言った。

「俺もそう思う。いくら会社と関係ないといっても、社長のあんたが半グレと知り合いなら問題だ。あんたにミサキを預けるわけにはいかない」

栗原が高尾に言った。

「ミサキを預けるわけにはいかないって、それは警察の方がおっしゃることではないでしょう」

「警察官というより、ミサキに近しい者としての意見だ」

「あなたは、法定代理人ではないでしょう？　さらに言えば、平岸さんだって違う。だから、あなたがたには我々と交渉する権限などないのです」

「権限はあるよ」

平岸が言った。「ミサキはうちのレーベルのアーチストだから」

「もちろん、我が社と契約した後も、ミサキの楽曲はジェイノーツからリリースしてもらうつもりですよ。だから昨日、原盤権の話もしたわけですし……」

「その話をしたのは、半グレたちが姿を見せる前のことだ」

「ですから、彼らはあくまでも個人的な知り合いで……」

高尾が尋ねた。

「どういう知り合いなんだ？」

「個人的なことだと申しているでしょう。ですから、お話しする必要はないと思います」

「警察相手に、その言い分は通らないなあ」

すると、梅田が厳しい眼を高尾に向けた。

「いいかげんにしないと、訴えますすよ」

「訴える？」

「これは明らかに嫌がらせです。捜査の権限を逸脱しているでしょう。営業妨害ですらあります」

どうやら栗原よりも梅田のほうが強硬派らしい。

「いや……」

高尾が言った。「俺は、捜査の権限の範囲内だと思う。俺はね、この眼でテルのグループを見ている。やつらはきわめて危険な連中だ。そんなやつらとどういう関係があるのか、警察として知る必要があると思う」

「ですから」

栗原が言った。「プライベートなことだと申し上げているでしょう。これ以上難癖をつけるなら、梅田が言うように法的な措置を取らせていただきます」

高尾が笑みを浮かべた。凄みがあった。

「法的な措置か。やってみるといい。そうなれば、こっちも黙ってはいない」

丸木は落ち着かない気分になっていた。

訴えられたら面倒なことになるのは間違いない。こちらに落ち度がないとしても、いろいろと調べられる。

そしてもし、ごくわずかでも捜査の違法性が指摘されるようなことがあれば、懲戒処分は間違いないのだ。

おそらく、栗原の言っていることは、はったりだろう。それに対して、高尾もはったりで返しているのだ。

互いに引っ込みがつかなくなりつつある。かといって、ミサキの問題を中途半端なところで放り出すわけにはいかない。

どうすればいいんだろう。丸木は何とか頭を働かせようとした。だが、思考がまとまらない。

高尾はあくまでも強気だ。「相手が誰だろうと、警察官は負けない」と言っていた。このまま押し切れば、相手が折れると思っているのだろう。

だが、栗原もしたたかなことは間違いない。二人の腹の読み合いだ。その場の緊張感が高まっていく。

「いいかげんにしてください」

笠置涼子が発言した。

男たちは皆、彼女に注目した。

「私たちはミサキをさらにメジャーにするための手助けをしたいと考えているんです。そのための契約です。警察にそれを邪魔する権利はないはずです」

高尾が言った。

「俺たちは、犯罪の芽を摘まなければならないんだ」

「先ほどから、ずっと我が社をまるで犯罪者のように言っていますが、我々が何か違法行為をしたというのでしょうか」

「もし、マロプラ企画の収入が少しでもテルたちのところに流れていたら、フロント企業ということになる」

「フロント企業？　冗談じゃない。私たちは犯罪者じゃなくて、むしろ被害者なんです」

高尾は笠置涼子を見据えて尋ねた。

「被害者？　それはどういうことだ？」

彼女はその問いにはこたえず、栗原を見て言った。

「私はその質問にこたえる立場にありません。社長がおこたえになるべきです」

高尾は、栗原に同じ質問をした。

栗原は眼をそらし、苦い表情で何事か考えている様子だった。

やがて彼は、高尾に視線を向けて言った。

「あいつらの要求にこたえるしかない。そういうことです」

「あいつら？」

高尾が尋ねた。「それは半グレのことか？」

「そう」

栗原がうなずいた。「テルたちです」

19

高尾が栗原に尋ねた。

「要求にこたえるしかないって、どういうことか説明してもらえるか？」

栗原はしばらく考えていた。

何をどうこたえればいいのか考えているのだろうと、丸木は思った。あるいは、警察の質問にこたえることが得策かどうか考えているのかもしれない。

やがて栗原は言った。

「テルが、私の個人的な知り合いだというのは嘘ではありません」

「どういう付き合いですか？」

「私はかつて、西麻布で飲食店をやっておりました。テルはその店の客の一人でした」

「どんな飲食店です？」

「会員制のバーです」

「女性が接待するような店ではないのですね？」

「クラブやキャバクラではありません。芸能人やスポーツ選手がお忍びでやってくるような隠れ家的な店でした」

「西麻布の隠れ家的なバー……。一昔前……、いや二昔も前に流行《はや》ったな。何だか、薬物の臭いがしそうだな」

「店は順調でしたが、テルのような客が増えはじめ、潮時だと感じて店を閉めて、芸能事務所を始めることにしました。店には芸能関係者のお客さんも少なくなかったので、伝手があったんです」

「店を閉めてからも、テルとは付き合いがあったのか？」

「ありました。実はなかなか便利な男なんです」

「便利……？」

「売り掛けのキリトリとか、客とのトラブルの解決とか……。そういう面倒なことが得意なやつでした」

「なるほど……。あんたは、体《てい》よくテルを利用したということか」

「それなりの報酬は払いました。だから……」

「持ちつ持たれつの関係になったということだな」

「距離は置くようにしていました。向こうからも、ほとんど連絡が来ることはなかったんですが……」

「が……？」

「私たちがミサキを獲得しようと計画していることを嗅ぎつけて、連絡を取ってきたんです」

平岸が口を挟んだ。

「ミサキを獲得だって？　品物みたいに言うなよ」

栗原がそれにこたえた。

「スポーツの世界だって、選手獲得とか言うじゃないですか」

「とにかく、そういう言い方は気に入らないんだよ」

高尾が栗原に尋ねた。

「テルの目的は何だ？」

「ミサキをマネージメントするなら、一枚嚙《か》ませろと言ってきました。その代わり、契約の交渉とかは手助けするからと……」

平岸が忌々しげに言う。

「いったいどんな手助けだというんだ、まったく……」

高尾が言う。

「つまり、ミサキを事務所に入れられれば、大儲けができると、テルは考えたわけだな？」

「うちはずっと弱小事務所でしたが、このところ、大物バンドと契約ができて、業績が上向きだったんです。それでミサキを抱えられるという自信がついたんですが……」

「テルが横槍《よこやり》を入れてきたということか」

「はい」

「さっき、やつらの要求にこたえるしかないと言ったな？」

「ええ」

「それはなぜだ？」

「なぜって……。刑事さんだってご存じでしょう。やつらが、どれくらい危険な連中か……」

「断ると、何をするかわからないということだな？」

「そうです。テルは我々の自宅も知っています。私たちは身の危険を感じているんです」

「しかし、断らなければならない」

高尾は言った。「ここできっぱりと断らないと、将来ずっと甘い汁を吸われつづけることになる」

栗原は苦しげな表情で言った。

「それはわかっているのですが……」

「恐ろしくて断れない。その思いが反社をのさばらせるんだ」

すると梅田が言った。

「理屈ではそうでしょう。でも、実際に被害にあうのは私たちなんです」

「そのために、我々警察がいる。手出しはさせない」

「どうせ警察は、何か起きるまで何もしてくれないのでしょう。実際に私たちが被害にあってから、ようやく動きはじめるんです」

これはなかなか耳が痛いと、丸木は思った。

実際、何か事件がなければ警察は介入しにくい。何も起きていないのに、誰かを検挙すれば、それは不当逮捕になるし、そういうことが頻繁に起きると、恐ろしい警察国家ということになる。

つまり、警察が恣意的に逮捕や取り締まりをできるということになりかねないのだ。

高尾は言った。

「俺はできる限りのことをする。それは約束する」

梅田が言う。

「口では何とでも言えますよ」

「じゃあ、この先ずっと、テルと付き合い続けていくのか?」

「それは……」

梅田が眼をそらす。

笠置涼子が言った。

「では、どうすればいいのでしょう?」

高尾は彼女に聞き返した。

「どうするつもりだったんだ?」

「ミサキとの契約は、大きなビジネスチャンスです。我が社が経済的に成功すれば、テルが金銭を要求してきたとしても、それにこたえることができるはずです」

「認識が甘いな。ああいう連中は、骨までしゃぶり尽くすぞ」

「我が社が潰れたら、テルだって元も子もないはずです」

「マロプラ企画を食い尽くしたら、別の餌を探す。そういうやつらだ。だから、絶対に言いなりになっちゃだめなんだ」

栗原が言った。

「あいつは死なない限り、私と縁を切ろうとはしないでしょう」

「そういうことは言わないほうがいい。万が一本当にテルが死んだら、あんたに疑いがかかる」

「疑われたっていい。あいつから解放されるなら……」

「昨日、平岸や丸木と会っているときに、テルが現れたんだな」

「ええ、そうです」

「やつが来ることを知っていたのか?」

「知っていました」

「あんたが仕組んだわけじゃないんだな？」

「違います。テルが言い出したことです」

「何のために？」

高尾は本当に理由がわからない様子だった。「やつは陰で動いてこそ価値がある。平岸や丸木の前に姿を見せるのは逆効果だろう。事実、俺たちはあんたらがテルとつながっているせいで、ミサキとの契約を断ろうとしているんだ」

「プレッシャーをかけるんだと言ってました」

栗原がこたえた。

「プレッシャー？」

「はい。あいつは自信があるんです。自分が背後にいることを知れば、ジェイノーツ側もミサキ本人も断れなくなるって……」

「とんだ大物気取りだな」

平岸が言った。

「俺はあんたらと違って、テルがバックにいるからってびびって契約話を進めたりはしないぞ」

その言葉に、高尾がうなずいた。

「とんだ勘違い野郎だってことだな。何でも自分の思い通りになると思ってやがるんだ」

栗原が平岸に言った。

「ミサキと契約させてください。でないと、テルが何をしでかすかわからないんです」

平岸が言った。

「ばかを言うな。テルが関わっているとわかったからには、契約は絶対にあり得ない」

「危険なのは、我々だけじゃないんです」

栗原が訴えるように言う。その言葉に、丸木は反応した。

「あ……。昨日、テルの姿を見た自分や平岸さんも危険だということですか……」

栗原が丸木を見た。

「みんなを自分の言いなりにする自信があるんです」

「おい、待てよ」

平岸が言った。「あの席には、ミサキ本人もいたぞ」

「ですから……」

栗原が言う。「ですから、私は心配しているんです」


何だか、おかしな雲行きになってきた。丸木はそう思った。

マロプラ企画に抗議をしようと勇んで出かけてきたのだが、彼らも被害者なのだと言う。とにかく、今夜のところは引きあげるしかなかった。

平岸をジェイノーツの近くで降ろし、車の中は高尾と二人きりになったので、丸木は言った。

「栗原さんも、テルに脅されていたんですね」

「そういうことになるな」

「自分や平岸さんがいるところに姿を見せたのは、自分の存在を誇示するためなんですね」

「存在を誇示？　難しいこと言うじゃないか」

「難しいですかね？」

「つまり、ゴリラのドラミングみたいなもんだと言いたいんだろう」

「ドラミングは、コミュニケーションを取りたいときや、緊張をやわらげたいときにやるらしいです」

「おまえ、妙なことを知ってるな。俺が言いたいのは、一般に理解されているドラミングの意味だ。キングコングのドラミングだよ」

「ええ、わかっています。威嚇ですよね」

「やつは堂々と、俺たちに啖呵《たんか》を切ってきたわけだ」

「この先、どうする気でしょう」

「さあな……」

高尾が言った。「だが、用心するに越したことはないな」


県警本部に戻ったのは、午後八時頃のことだった。すでに係長は帰宅した後だった。丸木は、係長に小言を言われずに済んでほっとしていた。

高尾は机に向かって何事か考えている様子だ。丸木は溜まっている書類仕事を始めた。警察官はやたらに書類を書かされる。これは所轄も本部も変わらない。

一時間ほど経った頃、高尾が電話に出た。机上の警電ではなく、携帯電話だった。

「何だって……」

高尾は電話の向こうの相手に向かってそう言った。丸木はその反応に驚き、高尾の顔を見た。

電話を切ると、高尾が言った。

「オルタードの田崎からだ。ミサキが姿を消したらしい」

「え……？　どういうことですか？」

「ミサキはオルタードにいたんだが、どうやら、連れ去られたらしい。目撃者がいるということだ」

高尾はすでに立ち上がり、出入り口に向かおうとしている。丸木も腰を上げた。

午後九時二十分頃、オルタードに着いた。すでにライブは終了しているようで、店内はがらんとしていた。

田崎がカウンターから出てきて言った。

「店の外で、ミサキが無理やり車に乗せられるのを見たという者がいる」

「そいつはどこにいる？」

田崎は店の一角を指さした。テーブル席に二人組の若い女性がいた。

高尾がその二人に近づいたので、丸木はあとに続いた。

「ちょっと訊きたいんだが……」

高尾は警察手帳を提示して言った。「ミサキが連れ去られるところを目撃したというのは、君たちかな？」

二人組のうちの一人が言った。

「あ、それ、私です」

ショートカットで、もしかしたら十代かもしれない。

高尾が質問を続けた。

「車に乗せられたということだが」

「そう。二人がかりで、ミサキの腕をつかんで車に乗せたの」

「どんな車だった？」

「黒いワンボックスカー。スライドドアを開けて、そこにミサキを押し込んで、すぐに出発した」

「ナンバーは見なかったか？」

「見てない。なんか、びっくりしちゃって……」

「車はどっちへ行った？」

「みなとみらいのほうに行ったと思うけど……」

北に向かったということだ。

「ミサキを連れ去ったのは、どんなやつらだった？」

「見るからにヤバそうなやつらだったよ。あっという間の出来事だった。なんか、慣れてるみたいだった」

「慣れてる？　拉致に慣れているということか？」

「そういうふうに見えたよ。だって、ホントにあっという間だったんだから」

「そいつらのことを、もっと詳しく聞かせてくれ」

「一人はものすごくガタイがよかった。たぶん百九十センチ近くあるんじゃないかな。もう一人はやせ型」

高尾はうなずいた。

「車が停まってた場所を教えてくれるか？」

「いいよ」

二人は立ち上がり、出入り口に向かった。高尾がそれを追ったので、丸木も続いた。

外に出ると、二人組の一人が言った。

「あそこの車道に停まってた」

「車に乗っていたのは二人だけか？」

「わかんない。車の中は見えなかったから……」

店の出入り口からその車道までは、かなり距離がある。ミサキが出入り口付近にいたとしたら、車まで引っぱっていくのはかなりたいへんそうだと、丸木は思った。

にもかかわらず、あっという間だったと言う。

高尾が尋ねた。

「他に何か覚えていることは？」

二人は顔を見合わせ、現場を目撃したという女性はしばらく考えていた。

「あとは思い出せない」

高尾が彼女に礼を言って、氏名と連絡先を訊いてから店の中に戻った。

丸木は言った。

「百九十センチくらいでガタイがいいやつと、やせ型のやつ……。テルとヒトシの特徴と一致しますね」

「間違いないだろう。おまえ、川崎署の江守に連絡しておけ」

「え？　どうして江守さんに……？」

「誘拐となれば、強行犯係の仕事だ」

「でも、江守さんは川崎署ですよ」

「テルたちの拠点は川崎だろう」

「あ、わかりました」

丸木は携帯電話を取り出した。

「何？　ミサキが誘拐された？」

江守が電話の向こうで言った。「それ、大事《おおごと》じゃないか」

「車で連れ去られたということです」

丸木は、車の特徴を伝えた。

「とにかく、俺はそっちに行くよ。細田にも声をかける」

「ちょっと待ってください」

高尾に江守の言葉を伝えると、高尾が言った。

「いや、江守たちには川崎署にいてもらいたい。すぐに川崎に移動することになるだろうから」

それをそのまま伝えると、江守は言った。

「そうか。わかった。じゃあ、こっちで待機している」

電話が切れた。


午後十時頃、丸木の電話が振動した。栗原からだった。

「はい、丸木です」

「今しがた、テルから連絡がありました」

ひどく慌てている様子だ。声の調子でそれがわかる。

「何を言ってきたんです？」

「私たちがぐずぐずしているので、手を打ったと……」

「ミサキが車で連れ去られたのです。犯人の特徴が、テルとヒトシに一致しています。その電話はつまり、犯行声明ですね」

「どうすればいいでしょう」

「うかつに動かないでください。また連絡します」

丸木は電話を切り、今の話の内容を高尾に伝えた。

「捜査一課に連絡しろ。ミサキは半グレに誘拐されたんだ」

「はい」

捜査一課につながると、当番の捜査員が出た。丸木がミサキの誘拐を告げると、相手は言った。

「え？　何それ。ミサキって、あのミサキ？　それ、何かの冗談？」

「冗談なんかじゃない」

にわかに声の調子が変わった。

「マジなのか？　現場は？　発生時刻は？　目撃者等は……？」

丸木はそれにこたえた。

「了解した。あ、あんたの官姓名は？」

丸木は名乗った。


田崎がおろおろした様子で言った。

「これからどうなるの？」

高尾がこたえる。

「県警本部から捜査一課がやってくる。おそらく特殊犯中隊だろう。あんたはいろいろと質問されることになる」

「あんたらも、ここにいてくれるんだろう？」

高尾はかぶりを振った。

「俺と丸木は川崎に行く」

「何で川崎に……」

高尾はその質問にはこたえなかった。

「平岸と連絡を取ってくれ。じゃあ、あとは頼んだぞ」

「あ、ちょっと……」

高尾が出入り口に向かったので、丸木はそれを追った。

20

運転席に乗り込んだ高尾が何事か考えている。すぐに発車するものと思っていた丸木は尋ねた。

「どうしたんです？」

「テルたちの居場所だ」

「それを調べに川崎に行くんですよね」

「対立しているサムたちなら、アジトを知っているかもしれない」

「サムたちが……？」

「俺なら敵の拠点を知ろうとする。でないと、不安だからな」

この人は、誰か危険な相手を敵に回したことがあるのだろうか。丸木はそんなことを考えた。高尾ならそういうことがあっても不思議はないような気がした。

「サムに話を聞きに行かなきゃなりませんね」

「俺たちが行っても、素直に話してくれるかどうか……」

「ミサキのおかげで、かなり心を開いてくれたように見えましたが……」

「そんなに簡単なもんじゃないよ」

「じゃ、どうするんです？」

「オズヌなら話が聞ける」

「え……」

「水越先生に電話しろ」

「はい」

丸木は言われるままに、陽子に電話した。そして、ミサキがテルたちに拉致されたらしいことを告げた。

「それで、私にどうしろと……」

「オズヌの助けが必要なんです」

サムたちのことを説明した。

「今の賀茂君が役に立つかどうかわからないわよ」

「オズヌが降りてくることを期待するしかないです」

「担任教師としては、生徒を巻き込みたくないけど、どうやらそんなことは言っていられないようね」

「はい」

丸木はミサキのことが心配でパニックになりそうだった。

「どこへ行けばいい？」

「ちょっと待ってください」

丸木は高尾に言った。

「水越先生が、どこに行けばいいかと訊いています」

「場所を指定してくれれば迎えに行く」

それを伝えると、陽子は言った。

「必要ない。行き先を言って」

高尾に尋ねると、彼は言った。

「銀柳街のカラオケ屋の前だ」

それを伝えると、陽子は「わかった」と言って電話を切った。

「まずは、川崎署に寄ろう」

高尾が車を出した。


午後十時半頃に、川崎署に到着した。

江守と細田が丸木たちを待ち構えていた。

「誘拐だって？　所轄はどう言ってるんだ？」

江守の質問に、高尾がこたえた。

「所轄は山手警察署だが、話はしていない。彼らが駆けつける前に、現場から離れた」

江守が目を丸くする。

「端緒に触ったのに、引き継がなかったってこと？」

「その余裕がなかった。捜査一課には連絡しておいた」

「すぐに呼び出しがあるぞ。誘拐となれば、捜査本部ができるだろう」

丸木は慌てた。

「自分の官姓名を告げましたから、呼び出されるのは自分ですよね」

高尾が言う。

「その前に、テルとミサキを見つければいい」

江守があきれた顔になり、言葉を呑《の》んだので、代わって細田が言った。

「……で、どうやって見つける？」

「サムたちが、テルのアジトを知ってるんじゃないかと思う。話を訊くために賀茂たちを呼んでいる」

「高校生を……？　この時間だぞ」

「保護者付きだ」

「保護者……？」

「担任の先生だ」

「あれこれ言っている暇はないな……」

細田は思案顔で言った。「銀柳街に行こう」

四人は徒歩で移動した。


夜中の銀柳街には近寄りたくないが、今の丸木は恐怖を感じていなかった。ミサキを心配する気持ちが勝っているのだ。

高尾はカラオケ屋のはるか手前で立ち止まった。歩道にはサムやリョウの姿が見える。向こうも目ざとく丸木たちを見つけたようだ。

細田が高尾に尋ねた。

「どうするんだ？」

「賀茂たちを待つ」

「やつら、警戒しているぞ。じきに姿をくらますかもしれない」

「このまま近づいたら、そうなるだろうな」

細田がうなずいたとき、背後から陽子の声が聞こえた。

「あそこにいるのが、ギャングのサムたちね」

丸木たち四人は振り返った。

賀茂と赤岩がいっしょだった。

高尾が言った。

「赤岩も来たのか……」

「ギャングや半グレ絡みの話でしょう。絶対にいっしょに行くと言って聞かなかったのよ」

「それで、オズヌは？」

その問いにこたえたのは賀茂だった。

「いませんよ。だから、僕は役に立てません」

高尾は言った。

「あんたがいるだけで、サムたちの警戒が幾分か弛《ゆる》むはずだ。いっしょに来てくれ」

賀茂といっしょに、赤岩が歩き出そうとする。

高尾が言った。

「おまえはここにいてくれ」

赤岩がこたえる。

「俺は賀茂を守らなければならない」

「おまえが近づくだけで、サムたちが臨戦態勢になるんだよ」

「俺のほうからは何もしない」

「いるだけで相手を威嚇するんだ。いいから、ここにいてくれ」

高尾が賀茂といっしょにサムたちに近づいていく。丸木もそれについていった。

高尾が丸木に言った。

「おまえも来なくていいんだぞ」

「いえ、いっしょに行きます。ペアですから」

ミサキを助けたい一心で、危険を顧みなくなっている。高尾もそれに気づいているはずだ。

サムの前に、リョウとガビが立ちはだかった。サムの横にはハルがいる。

リョウが高尾を睨みつけて言った。

「何の用だ?」

立ち止まった高尾が言った。

「ミサキがテルたちに拉致されたらしい」

「拉致……?」

「連れ去られたんだ」

リョウとガビは顔を見合わせ、二人同時に振り向いてサムの顔を見た。

サムが無言で前に出て来た。リョウとガビが左右に分かれて場所を空けた。ハルはサムの後ろにぴたりとついている。

高尾が言った。

「俺たちと話をするのが嫌だったら、賀茂としてくれ」

賀茂は救いを求めるような眼で丸木を見た。丸木はそっと言った。

「オズヌじゃないのはわかってる。だけど、自分らにはできないことなんだ」

賀茂がぎこちなくうなずき、サムのほうを見た。

高尾が言った。

「テルたちがミサキをどこに連れ去ったか知りたい。普段、テルたちがどこにいるか、あんたは知ってるんじゃないか？」

サムはちらりと高尾を見てから、賀茂に眼を戻した。

「ミサキがどこにいる、知らない」

賀茂がうなずいて、話の続きを促す。

「でも、テルたちがいつもいるところ、知っている」

賀茂が言った。

「それを教えてほしいんだ」

高尾の代わりに質問しているのだ。

「平和《へいわ》通りと仲見世通りの交差点。つぶれたバー。テルたち、いつもそこにいる」

賀茂は高尾を見た。高尾がうなずくと、賀茂はサムに言った。

「わかった。ありがとう」

高尾が離れようとすると、サムが言った。

「俺たちも行く」

「喧嘩しに行くわけじゃないんだ」

「案内する」

高尾が唇を嚙んだ。そして、逡巡している時間を惜しむように言った。

「わかった。来てくれ。ただし、勝手に動かないでくれ。ミサキが危険だ」

サムがこたえた。

「ミサキが危険。わかった」

江守たちのもとに戻ると、高尾はサムが言ったことを伝えた。

「ああ、その店なら知ってる」

江守が言った。「一年ほど前につぶれた店だな。サムはバーと言ったのか？　正確にはスナックだったな」

すると、細田が舌打ちをした。

「なんてこった。やつらそんなところをアジトにしていたのか。知らなかったぞ」

サムと三人の仲間が近づいてきて、ぎょっとしたように立ち止まった。彼らは赤岩の存在に気づいたのだ。

高尾が言ったように、暴力の世界に生きている者は、赤岩のたたずまいを見ただけで激しく反応するのだ。

「ああ、彼は赤岩。僕の友達だ」

賀茂がそう言うと、サムたちは幾分か緊張を解いた。

高尾が言った。

「そのつぶれたスナックに急ごう」

江守が言った。

「徒歩で五、六分だ」

高尾が言った。

「付き合ってくれるんだな？」

「今さら抜けられるか」

細田が言った。

「先生はいっしょに行かないほうがいいだろう」

高尾が言った。

「ルイードって知ってるか？」

「伝説のマル走だろう。赤岩がいたところだな」

「水越先生は、その伝説の関係者だ」

「マジか……」

結局、全員で向かうことになった。総勢十一名だ。

江守が言ったとおり、六分ほどで平和通りと仲見世通りの交差点にやってきた。サムが無言で交差点の向こうを指さした。

道に面した店だ。どこにでもあるスナックに見えるが、今は明かりが消えている。

高尾が言った。

「様子を見るしかないな」

細田がそれにこたえた。

「散らばって張り込むか……」

そのとき、サムが交差点を渡ろうとした。信号は赤だ。

高尾が言った。

「待て、サム。ミサキが危険だと言っただろう」

「ミサキ、助ける」

「中の様子がわからないんだ。乗り込むのは無茶だ」

「テルのグループ、全部で六人。俺たちのほうが多い」

そのとき、陽子が言った。

「テルたちは、ミサキにマロプラ企画との契約を結ばせたいんでしょう？」

高尾がこたえる。

「そうだが……」

「ミサキが金づるだと思っているのよね。だったら、彼女に危害を加えるほどばかじゃないでしょう」

丸木はたまらずに言った。

「ここでぐずぐずしていてもしょうがないですよ」

高尾がうなずいた。

「行くっきゃねえな……」

信号が青に変わった。サムたち四人を先頭に、廃業したスナックに向かった。青信号を待ったのは、交通事故などのトラブルを避けるためだ。

踏み込む前に事故にあったりしたらしゃれにならない。

丸木は、すぐにでも店内に飛び込みたかった。本来なら応援や本部の指示を待つべきだった。普段の丸木ならそうする。人質事件や立てこもりなどは、専門の強行犯中隊に任せるべきなのだ。

だが今は違った。ミサキの身に危険が迫っているのだ。

ハルがタガログ語で何か言った。どうやら鍵が開いていると言っているようだ。

高尾が言った。

「目の前でカチコミを許すわけにはいかない。まず、警察が踏み込む」

だが、サムはあっさりとその言葉を無視した。真っ先にサムが店に入った。次がハルだ。それにリヨウとガビが続いた。

そして赤岩が、その巨体に似合わないしなやかで素速い動きで、警察官たちの前を通り過ぎていった。

「くそっ……」

高尾がそうつぶやいて、彼らの後を追った。

丸木は高尾を追った。無我夢中だった。

電球一つだけの明かりの中、人影が激しく交錯し、衣類が翻るバサバサという音が聞こえてきた。

ドスッ、ドスッという重い音は、殴ったり蹴ったりする音だろう。

薄暗がりの中で、丸木は初めて赤岩の戦い振りを見た。

彼は、絶対に大きく拳を振り回したりはしなかった。ハンマーで打ちつけるように、どすんどすんと拳を相手に打ち下ろす。

たった一撃。本当に一撃だけで相手は戦意を喪失した。

気がついたら、騒ぎは収まっていた。

床に四人転がっている。

立っているのは、サムとその仲間、そして赤岩だった。

ミサキの姿はない。

丸木は高尾に言った。

「え……。もう終わったんですか？」

「喧嘩ってのはそう長くは続かないもんなんだよ」

細田が歩み出て倒れているやつらの顔を調べた。

「間違いない。テルの仲間だ」

全員、意識はあるが、ダメージが大きく立ち上がる気力もないようだ。

高尾が言った。

「テルとヒトシがいない。やつらがミサキといっしょにいるんだろう」

細田が床に倒れていたやつの胸ぐらをつかみ、上半身を引き起こして尋ねた。

「テルとヒトシはどこにいる」

相手は眼をそらす。

「知るかよ」

高尾が丸木に言った。

「賀茂はどこだ？」

「店の外に……。水越先生といっしょです」

「連れてきてくれ」

丸木は言われたとおりにした。賀茂と陽子がいっしょに店内に入ってきた。陽子は、店内の様子を見ても平然としていたが、賀茂はすっかり怯《おび》えた様子だった。

それを見た高尾が言った。

「賀茂のままだな。オズヌはいないのか」

賀茂がこたえた。

「すいません。降りてきてません」

そのやり取りを聞いていた細田が言った。

「肝腎なときに、いったいどこに行ってるんだ」

すると高尾が言った。

「ミサキのところだろう」

「え……？」

細田が聞き返す。「ミサキのところ？」

「そうだ。依巫のミサキを守ろうとしているんだろう」

「どこにいるか知っているということだな」

「だが、そのオズヌと連絡を取る方法がない……」

赤岩が言った。

「こいつらを痛めつけて、吐かせる手もある」

高尾が言った。

「そういうの、やめてくれよ。俺たちがクビになっちまう」

「ミサキのためだ」

「後鬼……」

賀茂の声が聞こえた。「要《え》なし」

その声は静かだが、不思議とよく通った。

高尾が言った。

「オズヌが降りてきた」

陽子が言った。

「赤岩君に、『必要ない』と言っている」

賀茂がさらに言う。

「案内《あない》いたす。いざ、行かむ」

店の出入り口に向かう。

細田が言った。

「こいつらのことは俺たちに任せて、行ってくれ」

高尾がそれにこたえる。

「頼む」

高尾、丸木、赤岩、陽子。そして、サムたち四人が賀茂に続いた。

21

賀茂は迷いもなく仲見世通りを進んでいく。オズヌが道案内をしているのだ。やがて、一行は大通りに出た。第一京浜だ。

賀茂はこの通りを渡ろうとしている。道が広く交通量も多いので、信号があるところまで行かなければならない。東田町《ひがしだちょう》の信号だ。

そこに向かっていると、丸木の電話が振動した。

「はい。丸木」

「捜査一課特殊犯中隊の小牧《こまき》だ」

神奈川県警の捜査一課の組織は独特だ。警視庁や他の道府県警の係に当たる部署が、神奈川県警では中隊と呼ばれる。

特殊犯中隊は、別名SISとも呼ばれる。警視庁のSITに相当する。小牧勝《まさる》警部は特殊犯中隊の中隊長だ。

「あ、少年捜査課の丸木です」

「誘拐の報告をしたそうだな」

「え？　あ、その……。はい、しました」

「被害者は、ミサキという歌手だということだが、間違いないか？」

「はい。間違いありません」

「ミサキのフルネームは？」

「あ、ええと……。ミサキというのは、芸名でして……」

「芸名？　本名は？」

「白河紗月です」

「年齢は？」

「十七歳です」

「十七歳？　少年の略取誘拐ということになるな。それで、少年捜査課が報告してきたわけだ」

「はい……。そういうことです」

「今どこにいる？」

「ええと……。川崎です」

「川崎？　なぜだ？」

「犯人の情報を求めてここまでやってきました」

「状況は？」

「ですから、情報を求めております」

「川崎に鑑があるということか？」

「はあ……」

「今、我々は犯行現場に来て捜査を進めているが、手がかりは黒いワンボックスカーだったということだけだ。他にわかったことは？」

「いえ……。情報収集の最中ですので……」

「山手署に捜査本部ができる。君らもすぐに合流してくれ」

「あ、わかりました」

「じゃあ……」

丸木は電話をしまうと、話の内容を高尾に伝えた。

高尾が言った。

「捜査本部に行ってる暇なんてない。こっちは、ミサキのいる場所に向かっているんだ」

「それを特殊犯中隊や捜査本部に伝えなくていいですかね？」

「今はミサキの無事を確認することが先決だ」

丸木も同感だった。

「わかりました」

賀茂は第一京浜を渡り、住宅街の中に進んでいく。

「宮前町《みやまえちょう》のあたりだな……」

ぽつりと、リョウが言った。

高尾が尋ねた。

「このあたりの土地鑑があるのか？」

「昔、このへんでカツアゲやったことがある」

住宅街の中を九人もの集団が進んでいくのは少々奇妙な光景だった。剣呑な雰囲気でもある。

やがて賀茂が立ち止まった。

比較的大きなビルの前だった。マンションとは違った造りで、住宅街の中では目立つ建物だ。

「ホテル」という看板が出ている。

高尾が言った。

「ラブホだな」

丸木は賀茂に尋ねた。

「ミサキがこの中にいるってこと？」

賀茂はうなずいた。

「おる」

「じゃあ、行きましょう」

丸木はホテルの中に向かおうとした。

「待て」

高尾が言った。「九人でぞろぞろラブホに入っていくのはどうかと思うぞ」

「そんなことを言ってるときじゃないでしょう」

サムが苛立たしげに言った。

「ミサキ、危険」

高尾が言った。

「そうだ。危険だから、慎重にやるんだよ。こんな大人数で訪ねたら、テルを刺激するだけだ。まずは、俺と丸木が行く」

賀茂が言った。

「ワも行かむ。ミサキはワの巫《かんなぎ》なれば」

高尾もオズヌには逆らえない。

「わかった。来てくれ」

すると、赤岩が言った。

「賀茂が行くなら、俺も行く」

高尾が言った。

「ここは警察に任せてくれ。待機しているんだ」

今度はサムが言った。

「ミサキを助けに行く」

高尾は赤岩とサムを交互に見て言った。

「ここで言い争っている場合じゃないんだ」

そのとき、賀茂が言った。

「ナ、な来《こ》そ。ワとカ、行く」

陽子が言った。

「赤岩君たちは来るな。私と高尾さんたちが行く。そう言ってる」

赤岩とサムが顔を見合わせた。サムが言った。

「賀茂が言うなら……」

赤岩は何も言わない。

「どうやら話はついたな」

高尾が言った。「賀茂、どの部屋か案内してくれ」

賀茂がホテルの玄関を通り、エレベーターに向かった。一般のホテルのようなフロントはない。代わりに受付の窓口があり、そこから中年の女性が声をかけてきた。

「あの、そこのパネルで部屋を選んでください」

高尾が警察手帳を出す。

「誘拐・監禁にここの部屋が使われている疑いがあります。ご協力いただけませんか」

受付の女性は驚いた様子で言った。

「誘拐・監禁……？」

「男性二人が、少女を連れてやってきませんでしたか？」

「さあ……。ここは駐車場からも直接部屋に行けますし……」

「駐車場はどこです？」

「地下です」

高尾が丸木に言った。

「車を調べてくれ」

「わかりました」

丸木はすぐに地下に降りた。

地下駐車場には六台の車があった。その中に、目撃者の証言と一致する黒いワンボックスカーがあった。

丸木はそのナンバーをメモすると、高尾に電話した。

「それらしい車がありました」

「わかった。こっちは、三〇二号室の前にいる。来てくれ」

「了解です」

丸木は、エレベーターで三階に向かった。

三階の廊下に、高尾と賀茂の姿があった。丸木は尋ねた。

「この中にいるんですか?」

高尾がこたえた。

「賀茂はそう言っている」

「どうします?」

高尾はそれにはこたえず、ドアをノックした。

返事はない。高尾は再びドアをノックする。そして言った。

「ミサキ? ここにいるのか? いるなら何か言ってくれ」

やはり返事はない。

丸木は気が気ではない。

「ミサキに何かあったんでしょうか?」

高尾は賀茂に尋ねた。

「どうなんだ?」

「ことなし」

丸木は言った。

「事無し……。無事だということでしょう」

高尾がさらにノックする。やはり、返事はなかった。

丸木の電話が振動した。

「SISの小牧中隊長です」

高尾が言った。

「出ないわけにいかないだろうな」

「状況を訊かれますよ」

高尾はほんの一瞬考えてからこたえた。

「このホテルのことを知らせてやれ」

「いいんですね」

「しょうがない」

丸木は電話に出た。

「今どこにいる?」

小牧中隊長の問いに、丸木はこたえた。

「まだ川崎にいます」

「捜査本部にはいつ来られる？」

「状況が変わりました。犯人と被害者が潜伏しているらしいホテルが判明しました」

「どこだ？」

丸木はホテルの名前と所在地を言った。

小牧中隊長は復唱した。

「川崎区宮前町だな？　我々も急行する」

「わかりました」

電話が切れると、丸木は高尾に言った。

「急行するそうです」

高尾が言った。

「下に降りよう。合い鍵を手配するんだ。ＳＩＳの連中に、赤岩やサムたちを会わせたくない」

すると、賀茂が言った。

「ワはここにおる」

高尾がうなずいた。

「そうしてくれ」

丸木と高尾が一階に降りると、赤岩やサムたちが一斉に視線を向けてきた。陽子が尋ねた。

「どんな様子？」

高尾がこたえる。

「ノックをしても返事がない。もうじき、特殊犯中隊なんかの県警の連中がやってくる」

「私たちはどうすればいい？」

「一般人はここから追い出されるだろう」

するとサムが言った。

「ミサキに会う。出て行かない」

それを補うようにリョウが言った。

「ここまで来て、出て行けはねえよ」

高尾がこたえた。

「言いたいことはわかる。まずは、合い鍵だ」

丸木は「はい」とこたえて、受付に行き従業員の女性に交渉して、部屋の合い鍵を借りた。

それを受け取った高尾が陽子に言った。

「特殊犯中隊が来ると何かと面倒だ。彼らが来る前に、外に出てくれ」

「そうね。わかった。近くで待機してるわ」

リョウが言う。

「俺たち、ここから動かないぞ」

高尾がそれにこたえた。

「へたをすると、拘束されるぞ。だから、野次馬《やじうま》の振りでもして、近くで待っていてくれ。ミサキと会えたらすぐに連絡する」

リョウがガビやサムの顔を見た。

サムが無言でうなずいた。

高尾が陽子に言った。

「さあ、行ってくれ」

陽子は、赤岩やサムたちを連れてホテルを出ていった。

それから約二十分後の午前一時頃、特殊犯中隊をはじめとする県警の警官隊が到着した。

小牧中隊長は背広姿だった。

彼は官姓名を名乗ると言った。

「丸木というのはどっちだ？」

丸木が「自分です」と言うと、小牧中隊長は尋ねた。

「被害者がいるという部屋は？」

「三〇二号室です」

「犯人は？」

「被害者といっしょにいると思われますが、まだ確認は取れていません」

「被害者との連絡は？」

「まだです」

「それで、そっちは？」

「高尾巡査部長です。部屋の合い鍵を入手しています」

鍵を差し出すと、小牧中隊長はそれを受け取り、言った。

「少年捜査課だということだが、被害者と面識はあるのか？」

高尾がこたえた。

「あります」

「犯人に心当たりは？」

「金井輝雄と伊藤仁史という半グレだと思われます」

「半グレ？　確かか？」

「確認しておりませんが、状況から見て間違いないと……」

「部屋に電話はあるのか？」

「確認します」

高尾が丸木に目配せした。丸木は受付に行き、従業員の女性に尋ねた。

「部屋に固定電話はありますか？」

彼女は、特殊犯中隊や制服を着た警察官たちが大勢やってきて、すっかり度を失っていた。

「電話？　あの……、ええ、部屋に電話はありますが……」

それを伝えると、小牧中隊長は言った。

「交渉担当が電話する。君らもいっしょに来てくれ」

高尾が尋ねた。

「部屋に行くのですか？」

「何のための合い鍵だ」

特殊犯中隊は階段で三階に向かった。丸木と高尾はそれについていくしかなかった。

誘拐・監禁に対処するための流れが完全に出来上がっている。それに抗《あらが》うことはできない。

三〇二号室の前に来ると、そこに賀茂がいた。

小牧中隊長が高尾に尋ねた。

「彼は何者だ？」

「被害者の知り合いです。犯人と思われる金井輝雄や伊藤仁史とも面識があります」

「まだ少年に見えるが……」

「高校生です」

「彼については後で詳しく聞く。今は部屋の前から離れさせろ」

「はい」

高尾と丸木は、賀茂をドアの前から移動させた。そこに小牧中隊長たち特殊犯中隊が陣取った。

係員の一人が携帯電話を取り出した。交渉担当の係員だろう。ホテルの受付に電話をして部屋につないでもらうのだ。

その係員はしばらく呼び出し音を聞いていたようだが、やがて言った。

「出ません」

小牧中隊長が言う。

「かけ続けろ。誘拐犯は必ず電話に出る」

言われたとおり、その係員は何度か同じ手順を繰り返した。

「もしもし」

突然、交渉担当係員が言った。その場にいた数人の特殊犯中隊の係員が注目した。丸木と高尾も同時にその声のほうを見ていた。

小牧中隊長は、無言で報告を待っている。

やがて交渉担当係員が言った。

「女性が出ました。ミサキと名乗っています」

小牧中隊長が応じる。

「被害者だな。無事が確認されたということだ」

「丸木という人と電話を代われと言っていますが」

小牧中隊長が丸木のほうを見た。

丸木は驚いた。

小牧中隊長が丸木に言う。

「電話を代われ」

丸木は交渉担当係員から電話を受け取った。

「もしもし、丸木ですが……」

「ミサキよ」

「はい。声でわかります。無事ですか？」

「無事だからこうして電話してるんでしょう」

「あの……。どうして僕に代われと言ったんです？」

「私のファンだって言ってたでしょう」

「はい、そうですが……」

小牧中隊長がそばにいて指示した。

「犯人のことを尋ねろ」

丸木は言った。

「誘拐したのは、テルとヒトシですね？」

「誘拐？　そういうことになってるの？　いっしょに来てくれと言われただけだけど……」

「そこにいるんですか？」

「二人とも部屋にいる」

丸木は小牧中隊長に言った。

「誘拐犯はやはり、金井輝雄と伊藤仁史で、二人とも部屋にいるということです」

「武装はしているのか？」

丸木は、電話の向こうのミサキに尋ねた。

「二人は武器を持っていますか？」

「見てないけど、ナイフくらい持ってるかもね」

「刃物などで脅されたりはしていないのですね」

「脅されてはいない」

「テルかヒトシと話せますか？」

「待って……」

丸木は小牧中隊長に言った。

「犯人と代わるようです」

それを聞いて、交渉担当係員が電話を返せと言った。丸木は手渡した。

「こちらは、神奈川県警の西武夫《にしたけお》といいます。金井輝雄さんですか？　伊藤仁史さんですか？」

しばらく、相手の声を聞いている。

「何か要求はありますか？」

西と名乗った交渉担当係員は、電話を耳元から離して、小牧中隊長に言った。

「警察と話すことはないと言って、電話を切りました」

「電話に出たのは金井と伊藤のどっちだ？」

「それもこたえませんでした」

「もう一度、電話をかけろ。被害者の無事は確認された。犯人が交渉に応じるまで、何度でも繰り返すんだ」

「はい」

西が再びホテルの受付に電話をする。

そのとき、賀茂が言った。

「止《や》めよ。いたづらなり」

特殊犯中隊の全員が、賀茂のほうを見た。

小牧中隊長が高尾に尋ねた。

「その高校生は、今何を言ったんだ？」

高尾がこたえた。

「さあ。こいつは時々、訳のわからないことを言うんです」

丸木には、賀茂が何を言ったのかわかっていた。「無駄なことだから、やめろ」と言ったのだ。それは高尾にもわかっているはずだ。

賀茂がまた口を開いた。

「障りなり。往《い》ね」

22

小牧中隊長の顔色が変わった。

「彼は、我々に何か言いたいらしいな」

「ええと……」

高尾が言った。「気にされることはないと思います」

西が言った。

「そいつ、我々に、邪魔だからいなくなれと言ってますね」

西も腹を立てた様子だ。

賀茂は、いやオズヌはなぜ警察官たちが邪魔だと言っているのだろう。丸木には訳がわからなかった。

小牧中隊長が高尾に言った。

「追い出されるのは、我々じゃなくてその高校生のほうだ。そいつを連れ出せ」

高尾が賀茂に言った。

「しょうがない。外に行こう。赤岩たちが待っている」

賀茂は動こうとしない。

小牧中隊長がさらに言う。

「何をしている。さっさと追い出せ」

そのとき、賀茂が小牧中隊長に言った。

「名は、何そ」

「何だって？」

高尾が言った。

「お名前を尋ねています」

「俺の名前か？　小牧だ」

賀茂が言う。

「そは、氏《うじ》か姓《かばね》なり。名は……」

「苗字じゃなくて名前を聞きたいのか？　追い出す前に聞かせてやろう。勝だ。さあ、行け」

すると、賀茂が言った。

「勝」

「何だ……」

むっとした小牧中隊長が賀茂を見返した。そのとたんに、彼は動きを止めた。そのまま賀茂の顔を見つめている。

西が異変に気づき、言った。

「中隊長、どうしました？　だいじょうぶですか」

賀茂の声が響いた。

「勝、往ね」

小牧中隊長が茫然《ぼうぜん》とした表情のまま言った。

「退却する」

「え……」

西が聞き返す。「退却ですか？」

小牧中隊長が再び言った。

「退却する」

西以外の係員たちも怪訝そうに小牧中隊長を見ていた。

小牧中隊長は、そんな係員たちにはおかまいなしに、階段のほうに向かった。

西が言った。

「犯人との交渉はどうするんですか」

そのとき、高尾が賀茂に耳打ちした。

「あいつの名前はたしか、西武夫だった」

賀茂が言った。

「武夫」

西は驚いた様子で賀茂を見た。そのとたん、小牧中隊長と同様に凍り付いたように動きを止める。

賀茂が言う。

「武夫、往ね」

そのとたんに、西は言った。

「退却する」

そして彼も階段のほうに向かって歩き出した。残りの係員たちは、まったく訳がわからない様子で、
二人の後を追った。

「たまげたなあ……」

丸木は言った。「このオズヌの術は、いつ見ても驚きます」

「そんなことより、ミサキが心配だ。特殊犯中隊を追っ払って、何をする気だ？」

高尾が尋ねたが、賀茂はこたえない。

高尾は、三〇二号室のドアに眼をやった。そして、ノックを始めた。

「おい、ミサキ。高尾だ。ここを開けてくれ。開けられないのなら、せめて返事をしてくれ」

そこへ、陽子や赤岩がやってきた。やや遅れて、サムたち四人も姿を見せた。

陽子が言った。

「刑事たちが出ていったけど、どういうこと？」

高尾がこたえた。

「オズヌが追い出したんだ」

「追い出した？　どうして？」

「尋ねても理由を教えてくれない。それで、こうしてドアを叩いている。振り出しに戻った感じだよ」

陽子が賀茂を見て言った。

「警察じゃなくて、賀茂君たちだけで解決したいということかしら……」

高尾が言った。

「相手はテルたちだぞ。特殊犯中隊に任せておいたほうがよかったはずだ」

「オズヌはそうしたくないと考えたのね」

高尾が肩をすくめる。

「神霊の考えることなんてわからないよ」

サムが言った。

「テルとヒトシだけ。負けない。怖くない」

部屋の中にいる敵は二人だけだから、戦いになっても負けないということだ。

「ここで喧嘩をおっぱじめる気か。ミサキを巻き込んだらどうする。それにな、合い鍵は小牧中隊長が持っていっちまったから、ドアを開けられないんだ」

赤岩が言った。

「ドアを蹴破れるかもしれない」

「無茶はよせよ」

高尾の言葉に、陽子が尋ねる。

「じゃあ、どうするの？」

高尾が考え込んだ。

丸木は時計を見た。午前一時半を回っている。テルとヒトシがミサキを監禁したまま、ただ時間が過ぎていく。

何とかしなければならないと思うが、何をしたらいいのかわからない。誘拐など特殊犯の専門家たちは、オズヌに追い払われてしまった。

丸木は言った。

「特殊犯中隊は、正気に戻ったらまたここにやってくるはずですよね。それを待つしかないんじゃないですか？」

高尾が言った。

「オズヌが彼らを立ち去らせたのには、彼なりの理由があるはずだ。だから、特殊犯中隊が戻ってきても、また追い払うんじゃないのか」

「こうしている間にも、ミサキに危害が加えられるかもしれません」

「そんなことはわかっている」

高尾は、何も言おうとせずどこか遠くを見ているような賀茂に向かって言った。「どうすりゃいいんだ。こたえてくれ」

赤岩も、サムたち四人も賀茂を見た。

賀茂が高尾を見返した。二人の眼が合うと、彼は言った。

「ワは乞う。一言主を」

「一言主……？」

高尾は眉をひそめた。「どういうことだ？」

陽子が言った。

「オズヌは一言主を必要としている。一言主を連れてきてほしい……。そういうことだと思うけど……」

「一言主を連れてこい？　そいつは無茶な話だな」

丸木は言った。「それって、葛城さんのことじゃないですかね……」

「ひょっとして……」

高尾が丸木の顔を見た。発言を否定されるかと思い、丸木はひやひやしていた。

高尾が言った。

「それだ。細田か江守に連絡して、ここに連れてきてもらえ」

「はい」

丸木はすぐに江守に電話をした。

事情を話すと、江守は言った。

「ああ、今細田はちょっと手が離せない。署に連行したテルの仲間たちを取り調べている。俺が葛城さんを連れていく」

「すみません。お願いします」

丸木はホテル名を告げた。

「ああ。そこなら知っている。待ってろ」

電話が切れた。

江守が葛城を訪ねるのは、おそらく午前二時頃になるだろう。常識的には躊躇《ちゅうちょ》する時間帯だが、警察はそんなことは気にしない。

ましてや、誘拐・監禁事案が進行中なのだ。

丸木が電話の内容を報告すると、高尾が言った。

「四十分ほどでやってくるな」

「ええ。もし、葛城さんがすぐに同行に応じてくれれば……」

すると、陽子が言った。

「一言主は、賀茂氏と葛城氏が祀っている神様ね。葛城さんが一言主を連れてきてくれるってこと?」

高尾がこたえた。

「俺に訊くな。質問するなら、オズヌにしてくれ」

陽子は小さく肩をすくめた。

その時、サムが言った。

「葛城、話を聞いてくれる。はじめは会いたくなかった。でも、今は違う」

リョウが補足する。

「葛城のオッサンは、本気で話を聞いてくれるんだ。そんな大人はいなかった」

陽子がサムとリョウに穏やかな眼差しを向けた。

「あなたたちが大人を認めるなんて、本当に意外よね」

「そうだ」

高尾が言った。「葛城とサムたちの間に起きたことは奇跡だった。そして、その奇跡を起こしたのはオズヌだ」

「じゃあ」

陽子が言った。「また、奇跡を期待していいってこと?」

「そうだといいがな……」

高尾が賀茂を見た。その視線を追って、陽子も賀茂を見ていた。

賀茂は相変わらず、ここにいていないような雰囲気だ。

高尾はノックするのはやめていた。部屋に電話もしない。おとなしく葛城の到着を待つようだ。

高尾が言ったように、約四十分後、江守が葛城を連れてやってきた。

未明に無理やり連れてこられた葛城は、さぞかし機嫌が悪いことだろうと、丸木は思った。

高尾が言った。

「こんな時刻に申し訳ありません。オズヌが呼べと言うので……」

丸木の予想に反して、葛城は柔和な表情だった。彼は言った。

「話はうかがいました」

丸木は「おや」と思った。前に会った葛城とは少しばかり雰囲気が違っていると感じたのだ。

もともと穏やかな性格のようだったが、今はいっそう物静かで理性的に思えた。誘拐事件と知り、気を張っているせいかとも思った。

だが、緊張している様子はない。緊張どころか、彼はまるで、ここでくつろいでいるような風情だった。

何だろう、これは……。

丸木がそう思ったとき、葛城が賀茂のほうを見た。

すると、賀茂はおもむろに片膝をつき、頭《こうべ》を垂れた。

そして、一言発した。

「畏《かしこ》し」

「たまげたな……」

高尾が言った。「オズヌがひざまずくのを初めて見たぞ」

同様に、陽子や赤岩も心底驚いている様子だった。

葛城はその賀茂を静かに見つめている。二人はそのまましばらく動かなかった。

ああ、そうかと、丸木は想《おも》った。

彼らは神霊世界で会話を交わしているのかもしれない。

もともとそういうことは、まったく信じない丸木だったが、今目の前の光景を見ると、信じる信じないではなく、それが事実だという気がした。

やがて葛城が賀茂から眼をそらした。

賀茂も立ち上がる。

「さて……」

葛城が言った。「役君が、話を聞いてやれとおっしゃっています」

「話を聞け？」

高尾が言った。「誰の話を？」

「中にいる人です」

「ミサキのことか？」

「いいえ。その方といっしょにいる人です」

「テルか……。素直に話をするようなやつじゃないぞ」

「では、あなたがまず話をしてみてください」

「まあ、そうだよな……」

高尾が言った。「警察官だから、それが役目だな」

「役君も、それがいいとおっしゃっています」

「しかし、話をしようにも、ドアが開きません。開かずのドアを開ける方法がありますか？」

「ああ……」

葛城が事も無げに言った。「それなら、役君がお引き受けになるそうです」

「オズヌが……」

「はい。中に、依巫がいらっしゃいますね」

「ミサキとコンタクトするということか？」

葛城は落ち着いた態度でうなずいた。笑みさえ浮かべている。

「俺たちはどうすればいいんだ？」

高尾が尋ねると、葛城はこたえた。

「ただ、待てばいいようです」

高尾が陽子に言った。

「……ということらしい。じゃあ、待つことにしよう」

丸木は賀茂を見た。彼はただ、廊下にたたずんでいるだけに見える。

「あの……」

高尾が葛城に言った。「つかぬことをうかがいますが……」

「何でしょう？」

「あなた、一言主の神様でしょう？　なのにオズヌに敬語を使うのですか？」

「私が一言主？　とんでもない」

「でも、オズヌはあなたにひざまずきました」

「私は依巫に過ぎません。役君は私の背後におられる一言主にひざまずいたのです」

「なるほど……」

そのとき、小さな金属音が廊下に響いた。ドアを中から解錠する音だ。

やがてゆっくりとドアが開く。

そこに立っていたのは、ミサキだった。

丸木は思わず言った。

「だいじょうぶですか？」

「えーと……。誰かが話をしにくるって、オズヌが言ってたんだけど……」

葛城が言ったように、オズヌは依巫のミサキに話しかけたようだ。

高尾が言った。

「俺がまず、話をする」

「高尾さんじゃないと思うけど……」

「俺の次に葛城さんが話をする。オズヌが彼を呼んだんだ」

「わかった。入って」

「だいじょうぶなのか？」

「平気だよ」

「なら、どうしてもっと早くドアを開けなかった」

「警察が電話をかけてきたでしょう。それでテルたちは警戒しちゃって……。オズヌから言われて、何とか説得したのよ」

「とにかく、テルたちに会おう」

丸木は言った。

高尾と葛城が部屋に入ろうとする。

「自分も行きます」

高尾が振り返る。

「おまえは、ここにいて、赤岩やサムたちが暴れないように見張っていろ」

「いや、でも……」

すると、陽子が言った。

「その役は私が引き受ける」

高尾は一度陽子を見て、丸木に眼を戻した。

「わかった。覚悟して来い」

「はい」

テルとヒトシがどれくらい恐ろしいかは知っているつもりだった。それでも行かずにはいられない。

もう部屋の外でミサキの心配をするのは嫌だった。

部屋の大部分がベッドに占領されている。ベッドさえあればいい類のホテルなのだ。

飲み物の自動販売機と二人掛けのソファがある。

テルとヒトシはそのソファの後ろに立っていた。

二人とも凶悪な眼を丸木たち三人に向けている。

高尾が言った。

「さて、話をしようか」

23

テルもヒトシもただ丸木たち三人を睨みつけているだけだ。

ミサキは、ドアの脇に立っていた。怪我をしている様子はない。怯えてもいない。ただつまらなそうな顔でそこにいるだけだ。

丸木は、ミサキに声をかけたかった。しかし、テルと高尾の間にあるビリビリとした緊張感のせいで、声を出せなかった。

高尾がさらに言った。

「俺は神奈川県警の高尾だ。俺たちと話をすることに納得したから、ミサキに部屋の鍵を開けさせたんだろう？」

またしばらくの沈黙。

やがてテルが言った。

「警察と話すことなんてねえよ」

「マロプラ企画と契約することを強要するために、ミサキを誘拐した。そういうことでいいのかな？」

テルは、ふんと鼻で笑っただけで何もこたえなかった。

高尾が続けて言った。

「おまえら、未成年者略取・誘拐・監禁の現行犯だ。もう逃げられないんだよ。それに、いつだったか、仲間と南浜高校を襲撃しようとしていただろう。賀茂という高校生を狙っていたんだ。そういう事実があると、検察官や裁判官の心証が悪くなる。未成年者略取及び誘拐は三ヵ月以上七年以下の懲役刑だが、おまえらの場合、最長の七年が科せられる可能性があるな」

テルが言った。

「七年くらい何だってんだよ」

「実際に懲役を食らったことがないから、そんなことが言えるんだよ」

「出ていけよ」

ヒトシが言った。「話なんかするつもりはねえって言ってるだろう」

「そうはいかないんだ」

高尾が言う。「俺たちは、おまえらの犯罪の事実を確認して、逮捕しなければならない」

ヒトシが凄む。

「ほう……。やれるもんなら、やってみろよ」

彼らは全身から暴力のにおいを発散しはじめた。

赤岩でもいないことには、彼らには太刀打ちできない。丸木がそう思ったとき、葛城が言った。

「それでいいのですか？」

テルとヒトシが葛城のほうを見た。高尾に向けていた怒りと憎しみの眼差しはそのままだった。

葛城はまったくひるんだ様子を見せずに、さらに言った。

「高尾さんが言ったのは、このままだとそうなってしまうということです。このままでは、未成年者略取・誘拐・監禁の罪に問われると……。高尾さんは、あなたたちに申し開きをしてほしいと言っているのですよ」

テルとヒトシに変化はない。

葛城の言葉が続く。

「何か言いたいことがあるのではないですか？　私たちは、それを聞くためにここに来ました」

テルがこたえた。

「言いたいことなんてねえって言ってるだろう」

葛城が言った。

「もう一度言います。それでいいのですか？」

テルが葛城を睨んだまま言う。

「それでいいって、どういうことだ？」

テルの態度に変化はない。だが、向こうから質問をしてきたというのは、大きな変化だと丸木は思った。

テルが葛城の言葉に興味を持ったということなのだ。

葛城がこたえた。

「語るべき言葉があるはずです。高尾さんが指摘したことは本当に事実と相違がないのですか？　そもそもなぜミサキさんに興味を持ったのですか？　あなたはどういう思いでミサキさんをここに連れてきたのですか？」

テルが葛城を見据えている。

だが、その眼差しから少しずつ威圧感が薄らいでいくように、丸木は感じていた。

葛城がさらに言った。

「あなたの言葉で語るべきです。私はそれを聞くように言われて来ました」

「言われて来た？」

テルが聞き返した。「誰に？」

「一言主と賀茂役君に、です」

「誰だ、それ」

その問いにこたえたのは、高尾だった。

「賀茂は知ってるだろう？　一言主ってのは、賀茂やこの葛城さんが祀っている神様だ」

テルがわずかに眉を寄せる。

高尾が続けて言った。

「ばかばかしいと思うかもしれないが、賀茂が不思議な力を持っていることは、その眼で見ているはずだ。そして、一言主のおかげで俺たちはサムやその仲間と話ができた」

「サムやその仲間……？　あの生意気なガキどもか？」

「だからさ」

高尾が言った。「葛城さんの言うことには耳を傾けたほうがいい」

テルとヒトシが葛城を見た。

猜疑心に満ちた眼差しだ。しかし、わずかに戸惑いの色もあると丸木は感じた。

葛城が言った。

「役君や一言主のことを言ったのは、たとえ人があなたたちの言葉に耳を貸そうとしなくても、そういう存在が聞いていてくれているということを伝えたかったのです。私も話を聞きます」

テルが言う。

「神なんているかよ」

「いないと思えばいませんが、いると思えばいます。一言主は言葉の神です。あなたの言葉にも神が宿ります」

「ふざけてんのか？」

「ふざけてはいません。言葉は大切です。言葉には力があります。賀茂役君はそれを証明してくださいます」

「その賀茂を連れてこいよ。その言葉の力と俺たちの拳の力とどっちが強いか証明してやる」

「それがあなたの、本当に言いたいことなのですか？」

「何だって？」

「本当に語りたいのは、本当に人に伝えたいのは、そんな言葉なのですか？」

「ああ、そうだよ。それが何だってんだ」

「ならば、もっと聞かせてください。私はあなたの言葉を聞きに来ました」

「何言ってるかわからねえよ。面倒くせえな……。もういいから、ミサキを連れて出ていってくれよ」

「そうはいかないと言っただろう」

高尾が言った。「ミサキをここに連れてくるまでの経緯を聞かせてもらおう」

テルはそっぽを向いた。先ほどのように高尾を睨みつけたりはしない。やはり戸惑いが見てとれると丸木は思った。

葛城が、繰り返し言った。

「私はあなたの言葉を聞きに来たんです」

テルはまた口を閉ざした。

長い沈黙があった。それを破ったのは、ヒトシだった。彼はふてくされたようにぼそりと言った。

「仕事してみてえなって思ったんだよ」

テルはちらりとヒトシを見たが、何も言わなかった。

葛城が尋ねた。

「仕事をしてみたいって、どんな仕事をですか?」

「だから……」

ヒトシが言う。ふてくされているように見えるのは、まだ話をすることに抵抗があるからだろう。「ミサキの仕事がしてみてえって……」

「ミサキさんの仕事がしてみたい……。それは、ミサキさんの音楽活動に関わる仕事がしたいということですね?」

ヒトシはテルのほうを見てから、小さくうなずいた。

「それは悪いことではありません。どういうふうに仕事をしたいのか、話してください」

ヒトシの視線を受けて、テルが話し出した。

「ミサキの歌を聴いて、ぶっ飛んだ。こんなすげえ歌手のために働いてみてえ……。そう思った」

今度は高尾が戸惑った顔をする番だった。

葛城が言った。

「サムたちも、ミサキさんの歌が好きらしいですよ」

その言葉に促されるように、テルがさらに、ぽつりぽつりと語り出す。

「けど、好きだからってどうしようもねえ。あのガキどもも、俺たちも、ミサキの仕事がしてえって言ったところで、誰も相手にしてくれねえ」

「そうでしょうか」

「そうなんだよ。誰が俺たちのことを雇ってくれるんだよ。あんた、俺なんかと仕事をしようなんて思うか？」

「誰かにミサキさんに関する仕事がしたいって言いましたか？」

テルはまた、ふんと鼻で笑った。

「そんなばかなことは言わねえよ。実現するわけねえからな」

高尾が尋ねた。

「マロプラ企画の栗原に会っただろう。雇ってほしかったのか？」

テルが言う。

「雇ってくれるわけねえだろう。だから、勝手に仕事を作ることにした」

「仕事を作る？」

高尾が聞き返すと、テルがこたえた。

「栗原がミサキとの契約に手間取っているようだからよ、俺が口きいてやることにしたんだ。契約成立で、キックバックもらおうと思ってな」

葛城が尋ねた。

「相手はそれを了承したんですか？」

「栗原がか？　了承も何もねえよ。契約すりゃ、でかい儲けになるんだろうからな」

「でかい儲けになる……。だから、ミサキさんに関わる仕事をしたかったんですか？」

「そうじゃねえよ」

テルが顔をしかめた。苛立っているようだ。「すげえ歌だと思ったからだよ」

「ならば、その思いをまず、その栗原という人に伝えなければなりませんね」

「伝えてどうなる？　あ、そう、で終わりじゃねえか。栗原が俺を雇うはずがねえ。だから、自分で仕事にするしかねえんだよ」

「思いを伝えなければなりません。だから、言葉が大切なんです」

「だろうな。けど、俺には関係ねえ。俺は俺のやり方で生きていく」

「それではだめです」

葛城が言うと、テルは少しばかり驚いた様子で彼の顔を見た。

「だめってどういうことだ？」

「あなたは、誰も相手にしないと言いました。そのとおりでしょう。今のままでしたらね」

「ふん、説教なんざ聞きたくねえな」

「説教ではありません。事実を伝えているんです。自分のことを語らずに、相手に受け容れてもらおうというのは、甘えでしかありません。何も伝えようとしないから、誰もあなたを相手にしないんです」

そんなことを言ったら、テルのようなやつは反発するだけだと、丸木は思った。キレて暴力を振るうかもしれない。

恐ろしくて逃げ出したかった。しかし、ミサキがここにいる限り、逃げ出すことはできない。

「何かを伝えるだと？」

テルが葛城を睨んだ。「そんなことは、とうの昔に諦めちまったんだよ」

「誰かに受け容れられることも諦めたと言うのですか？　そうではないでしょう。ごまかしたり、恰好つけたりしても、いいことなど何もありません。もっと伝えたい言葉があるはずでしょう」

「そんなものはねえよ」

「そんなはずはないんです。あなたは自分の声に耳を閉ざしている。聞こえているんでしょう？　自分が自分自身に語っている言葉が。本当に伝えたい言葉が」

「うるせえよ」

テルが眼をそらした。

すると、ヒトシが言った。

「俺たちなら、うまくやれると思ったんだ……」

葛城はヒトシに視線を移して尋ねた。

「うまくやれる？」

「そうだ」

「何を、どううまくやれると思ったんです？」

「ライブとかのイベントの仕切りだ。けど……」

「けど?」

「そういうのって、ノウハウが必要じゃねえか。誰も俺たちにそのノウハウを教えてくれねえんだ」

「誰かに付いて教わる必要がありますね」

「会社とかに入ったら、上司とか先輩がそういうのを教えてくれるんだろう?　けど、俺たちが会社なんかに入れるわけがねえ」

「だからよ」

テルは言った。「俺たちは自分たちで考えて、やるしかねえんだよ」

高尾が言った。

「考えた結果がこれか?　ミサキを誘拐して、契約を強要することか?」

テルは何か言おうとして止めた。言い訳しようとして諦めたのだろうか。

そのとき、ミサキが言った。

「私、別に誘拐されたなんて思ってないけど」

高尾がミサキに言った。

「車に無理やり乗せられて、ここに連れてこられたんだろう?　立派な未成年者略取だよ」

「あんたミサキだろう?　話があるから車に乗ってくれないか……。そう言われたんだ。ちょっとびっくりしたけど、ま、いいかって思って」

高尾と丸木は顔を見合わせた。

高尾がミサキに尋ねた。

「待てよ。自分の意思で車に乗ったって言いたいのか?」

「まあ、そういうことかも」

「ここに軟禁されて、契約を強要されたんだろう？　逮捕監禁の罪だし、強要の罪でもある」

「この人たちはね、私がどうしてマロプラ企画との契約を渋っているか、その理由を尋ねただけ」

「その理由って、何だ？」

「前に平岸さんに言ったことと同じだよ。事務所の言いなりになるの嫌だし、変な仕事させられるのも怖い。この人たち、そういう話を聞いてくれた」

高尾と丸木は再び顔を見合わせていた。

葛城がテルに言った。

「こういう事実も、話してくれなければわからないんです」

「ミサキが言ったから信じるんだろう？　俺が言ったって信じなかったはずだ」

ミサキがテルに言った。

「この人が言ってることは正しいよ」

この人というのは葛城のことだろう。「誰が言うかなんて問題じゃない。とにかく言わなきゃだめなんだ」

「けどよ……」

「私の歌、すげえって言ってくれたよね。それってたぶん、私自身の言葉だからだよ。歌ってね、言葉なんだよ」

葛城が言った。

「さあ、もう少し、あなたの言葉を聞かせてください」

テルが言った。

「ミサキの歌を聴いてから、ミサキの役に立ちたいと思った……」

それから、もどかしげに話しつづけた。

「ミサキだけじゃねえ。誰かの役に立ちたいって思った。だから、栗原に会いに行ったんだ。けど、栗原は迷惑そうにするだけだった。あいつ、けっこう俺を利用しやがったくせに……」

高尾が言った。

「考えが浅いんだよ。ちゃんと考えれば、未成年者略取の疑いをかけられるようなことはしないで済んだはずだ」

「じゃあ、どうすればよかったんだよ。教えてくれよ」

「どうすればよかったかはわからない。だが、これからどうすればいいかはわかる」

「え……？」

テルが聞き返す。「これからどうすればいいか……？」

「おまえたちはいったん、警察に連れていかれる。そして逮捕・送検するかどうかが判断される。そこで、ちゃんと申し開きをするんだ。警察はおまえたちだけでなく、ミサキからも話を聞くから、もし逮捕・送検されたとしても、不起訴か起訴猶予になる可能性はある。だから、ふてくされたり自棄《やけ》になったりはしないことだな」

テルとヒトシは黙って高尾の話を聞いていた。

「不起訴か起訴猶予、あるいは担当の警察官が逮捕しないと決めて、自由の身になったら、まずやることは、サムたちと休戦することだ」

テルが言った。

「あのガキどもと休戦……？」

「そして、いずれは和解しろ。それができるなら、俺も担当に逮捕・送検しないように口添えしてやる」

「何で、あいつらと……」

ミサキが言った。

「サムたちは私の大切なファンなんだよ」

その一言でテルは黙った。何も言わないが高尾が言ったことを受け容れた様子だ。

葛城が言った。

「私は今後、サムたちの話を聞くことになっています。あなたたちの話も聞きましょう」

テルとヒトシが葛城をちらりと見た。彼らは何も言わなかったが、葛城の言葉にかすかにうなずいたように、丸木には見えた。

24

三〇二号室を出ると、そこには陽子や赤岩たちではなく、小牧中隊長率いる特殊犯中隊の姿があった。

陽子たちは、彼らにその場から去るように言われたのだろう。

丸木と高尾を見ると、小牧中隊長が言った。

「犯人確保か？」

高尾がこたえた。

「ええまあ……。身柄は押さえましたが……」

「被害者は無事か？」

「はい。無事ですが……」

「何だ、歯切れが悪いな。手柄を立てたんだから、もっと堂々としていればいい」

「ところが、被害者と思われていた人物が、誘拐ではなかったと証言しているんです」

小牧中隊長が怪訝そうな顔をする。

「誘拐ではなかったって……。目撃者もいたんだろう？」

「誤解だったかもしれません」

しばし考えてから小牧中隊長は言った。

「ともかく、話は捜査本部で聞こう」

「身柄は捜査本部がある山手署に運ぶということですね」

「そうだ」

小牧中隊長が合図をすると、西たち係員がテルとヒトシを連行した。

「被害者にも来てもらおう」

小牧中隊長の言葉に、高尾がこたえた。

「我々がお連れします」

「山手署に同行してくれるのか？」

「もちろんです。それと……」

「それと？」

「被疑者説得に協力してくれた保護司の方がいらっしゃるので、その方もお連れします」

「保護司？」

「はい。葛城誠さんという方です」

「わかった。その人にも話を聞こう」

テルたちとともに、部下がいなくなると、小牧中隊長は声を落として高尾に言った。

「ちょっと訊きたいんだが……」

「何でしょう?」

「俺たち、一度ここに来たよな?」

「はい」

「気がついたら本部にいたんで、また出直してきたんだが、どうして引きあげたか覚えていないんだ。何があったんだ?」

「さあ……。ここは、俺たちに任せると言って、引きあげられました」

「そんなはずない。俺たちが人任せで立てこもりの現場を離れるなんて……」

「でも、そうでした」

「捜査本部で、捜査一課長に怒鳴られた。てめえらここで何してるって……。それで、慌ててまたここにやってきたんだ」

「おそらく、態勢を立て直すために戻られたんじゃないですか?」

「態勢を立て直す?」

小牧中隊長は首を傾げた。「そんな必要なかったと思うがなあ……」

「被疑者が確保できたんです。課長の機嫌も直るでしょう」

「でも、誘拐じゃないって言ってたよな?」

「ミサキはそう言っています。被疑者たちから聞いた話とも、その証言は一致しています」

「くたびれ儲けだったってことか……。まあ、ミサキさんに何事もなくてよかったがな……」

小牧中隊長が下の階に降りると、江守が言った。

「じゃあ、俺は川崎署に引きあげる」

高尾がこたえた。

「ああ。遅くまで済まなかったな」

「遅くっていうか、もう朝だけどな。俺としては、管内のギャングや半グレの件が片づいたようなので、まあそれでよしとするよ」

「借りができたな」

「『仕置き人』に貸しか。悪くないな」

「そのあだ名、やめてくれないか」

「あんた、けっこう有名だよな」

江守はその場を去っていった。

ホテルの外に、陽子と赤岩、そして賀茂がいた。

丸木たちは彼らに近づいた。高尾が陽子に尋ねた。

「サムたちはどうした？」

「ミサキが無事なのと、テルたちが確保されたのを見届けたら、あっという間に姿を消したわ」

「俺たちは、ミサキと葛城さんを連れて山手署に行く」

「わかった。私たちは引きあげる」

「賀茂はどうしたんだ？　なんだかぐったりしているが……」

「オズヌが帰ったのよ。賀茂君はひどく疲れたようね」

「疲れた？」

賀茂が顔を上げてこたえた。

「オズヌはこっちの都合を考えずに、僕の体を勝手に使いますから……」

すでに日が昇っていた。

夜明けまで付き合わされたのだから、それは疲れるだろうなと、丸木は思った。

高尾は、ミサキと葛城を車に乗せた。いつものように丸木が助手席だ。川崎を出発して横浜の山手署に向かった。

高尾がミサキに尋ねた。

「それで、結局マロプラ企画との契約はどうするんだ？」

「条件付きで受けてもいいかなって……」

「どんな条件だ？」

「それは、今度のライブのときにでも話す」

「今度のライブ？」

「オルタードでライブ。七月二十七日土曜日だよ」

「俺たちも行っていいか？」

「もちろん。みんな招待するよ」

それを聞いて、たいへんだったここ数日のすべてが報われたと、丸木は思った。

山手署の捜査本部は、事件解決で明るい雰囲気だった。テルとヒトシはそれぞれ別々の部屋で取り調べを受けているということだった。

ミサキと葛城も別個に話を聞かれるようだ。

西がやってきて高尾に言った。

「あんたらからも話を聞くから、ちょっと待っていてくれないか」

キャスター付きの椅子をあてがわれ、二人はぽつんと取り残されたような恰好になった。

丸木は言った。

「葛城さん、凄かったですね。あのテルに対してまったくひるみませんでした」

高尾が生返事を返してくる。

「そうだな」

「さすがは一言主の依巫ですね」

「おまえ、そんなの信じてるのか」

「え……。高尾さんだって、信じているから葛城さんを呼べって言ったんでしょう?」

「彼の能力は信じているよ。サムたちから話を聞き出すくらいだからな。だけど、それは彼の実力だ。神仏なんて関係ない」

「一言主の依巫だって、本人が言ったんですよ」

「それを演じることで、自分の実力を引き出しているんだよ」

「でも、オズヌがひざまずきましたよね?」

「おそらく、葛城さんの信仰心に対して尊敬の念を表したのだろう」

「じゃあ、賀茂にオズヌが降りてくるっていうのも演技ですか?」

「あれは本物だよ」

丸木はますます訳がわからなくなった。

ただ、高尾は本心を語っていないような気がした。実は高尾は、葛城に一言主が宿ることを信じているのだろう。

葛城がサムたちと話をするとき、そしてテルたちと話をしたとき、たしかに奇跡が起きた。言葉が奇跡を起こした。それこそが一言主の力だったのではないか。

それから二人は係員に呼ばれ、やはり別々に話を聞かれた。丸木はできるだけ、事実を正確に伝えようとした。

事実を語れば語るほど、そこに奇跡が浮かび上がる。丸木はそんな気がした。

25

七月二十七日土曜日がやってきた。丸木はどきどきしながらこの日を待っていた。

開場前のオルタードには、長い列ができている。丸木たちは、招待枠なので開場する前に店に入ることができた。

店内には高尾と陽子がいた。赤岩と賀茂もいる。

「よう。遅いじゃないか」

高尾が丸木に言った。「まだ開演までずいぶん時間がありますよ。高尾さんが早過ぎるんですよ」

「そうかな」

丸木は賀茂を見て尋ねた。

「今日はオズヌは？」

賀茂がこたえる。

「いません。でも、きっと僕たちのことを見ています」

出入り口に葛城の姿が見えた。彼は丸木たちに気づくと、にこやかに近づいてきた。

丸木は言った。

「あ、葛城さんも招待されたんですね？」

「はい。サムたちと会ったときの、ミサキさんの歌が忘れられませんでした。今日は楽しみです」

そこにジェイノーツの平岸がやってきた。

「や、皆さんおそろいですね」

高尾が平岸に言った。

「ミサキは？」

「楽屋だよ」

「マロプラ企画と条件付きで契約するって言ってたけど……」

「ああ。そういうことになったようだな」

「半グレと関係のある会社との契約には反対だったんだろう？」

「ミサキの条件っていうのがさ、その半グレについてだったんだよ」

「どういうことだ？」

丸木も気になっていた。ミサキは、ライブの日にその条件について話すと言っていた。

平岸が何か言おうとしたとき、マスターの田崎が姿を見せた。事務所から出てきたようだ。

彼に続いて現れた人々を見て、丸木は仰天した。

テルとヒトシだった。さらに、その後からはサム、リョウ、ハル、ガビの四人が姿を現した。

田崎が彼らにてきぱきと指示を与えている様子だ。彼らに、逆らったりふてくされたりする様子はない。従順とは言わないまでも、それなりに真剣に田崎の話を聞いている様子だ。

陽子や赤岩、賀茂も彼らの姿を見て驚いている。高尾が言った。

「たまげたな。あれは、どういうことだ？」

平岸が言った。

「マロプラ企画の栗原が来た。彼に訊いてくれ」

その言葉どおり、奥から栗原がやってきた。

「やあ、どうも……」

ぶっきらぼうでもなく、かといって親しみを込めているわけでもない挨拶だった。

高尾が尋ねた。

「どうしてここに、テルやサムたちがいるんだ？」

「あれが、ミサキの契約の条件なんだから、しょうがないでしょう」

「ミサキの条件……？」

「あ、そういうことだったんですね」

葛城が言った。

高尾が聞き返した。

「そういうことって、何だ？」

「テルとヒトシは、結局逮捕されなかったでしょう？」

「ああ。送検しても起訴できないだろうと、検事が言ったらしい。それで、逮捕を見合わせたんだが……」

「ミサキさんから頼まれたんです。今後も相談に乗ってやってくれって……」

栗原が言った。

「テルたちに仕事をやることが、契約の条件だったんです」

丸木はそれを聞いても、あまり驚かなかった。ミサキはホテルにいるときから、テルたちに何らかの共感を持っているように、丸木は感じていたのだ。

丸木は、その理由をミサキに尋ねてみたかった。

高尾が栗原に尋ねた。

「マロプラ企画で彼らを雇ったということか？」

「試用期間ですよ。ライブ・イベント部門を拡充しましてね。そこで短期契約をしました。まあ、バイトみたいなものですね」

「正式採用は？」

「まあ、今後の彼らの態度次第ですね」

「放免になったらまず、サムたちと休戦しろと言ったのは俺だ。どうやら言うことを聞いているらしいので、俺にも責任はあるな」

葛城が言った。

「私は彼らの面倒を見るつもりです。手を貸していただけると助かります」

高尾がうなずいた。

「了解だ」

やがて、テルたちが移動した。

テルとヒトシは、田崎に従って出入り口のほうに向かった。田崎がチケットのモギリをやり、テルとヒトシはその補佐をするらしい。

サムたち四人はステージ近くに散らばって陣取った。こちらは警備担当のようだ。

平岸が言った。

「さあ、そろそろ開場だから、こんなところに突っ立ってないで、席に行こう」

関係者席は、ステージから見て後方にある。丸木、高尾、葛城が一つのテーブルに着席し、その隣のテーブルに、陽子、赤岩、賀茂が着いた。

さらにその隣のテーブルに、平岸と栗原だ。

「あ……」

丸木は声を洩らした。

ミサキが姿を見せたのだ。マロプラ企画の笠置涼子が付き添っている。ミサキはまっすぐに関係者席にやってきた。

高尾が彼女に尋ねた。

「契約したんだな」

「取りあえず、ライブのブッキングを頼むことにした。メディアの出演については要相談。しかも、条件付きだよ」

「その条件については、栗原さんから聞いた」

「あの……」

丸木は言った。「一つ質問していいですか？」

「なあに？」

「テルやサムたちに仕事をさせることが条件って……。それは、なぜなんです？」

「なぜ……？」

ミサキはきょとんとした顔で言った。「あの人たちが、私のファンだと言ってくれたからよ」

「あ……」

「ファンを大切にするのは、当たり前のことでしょう。丸木さんにも、電話とかしたわよね」

「そうでした」

単純明快なこたえが腑《ふ》に落ちた。

「それよりさ……」

ミサキが深刻な表情で言う。「オズヌはどうしたの？」

陽子と赤岩、そして高尾が賀茂のほうを見る。

賀茂が言った。

「あ、ええと……。すいません。僕たちのことを見てるのは間違いないと思うんですが……」

「どうして降りてきてくれないの？　私のところにも寄ってくれない」

「いや……、僕に言われても……」

「オズヌの力を借りるわけじゃないけどさ。彼がいるといないとじゃ、大違いなのよね」

笠置涼子が戸惑ったように尋ねる。

「それって、どういうことなの？」

「今一つ、乗れないってこと」

「わがままなアイドルみたいなこと、言わないでよ」

「わがままで言ってるんじゃないよ。必要なことなんだ」

高尾が言った。

「今後、彼女のマネージメントをするなら、オズヌの名前を覚えておいたほうがいい」

笠置涼子は肩をすくめて言った。

「その人、どこから現れるの？」

高尾が賀茂を指さした。

「彼に降臨する」

「降臨……？」

そのとき、田崎の声が聞こえてきた。

「客入れするよ」

珍しくミサキは落ち着かない様子だった。

「大切なライブなんだよ。オズヌは何をしているの？」

賀茂がこたえる。

「どうしているんでしょう……」

客が入りはじめた。関係者席にいるミサキに気づく者もいる。

ミサキはそれでも賀茂を見つめたまま動かない。

平岸がミサキに言った。

「そろそろ行ったほうがいい。バックメンはスタンバイしてるんだろう？」

「オズヌが来るのを確認したい」

今日も関係者席以外のテーブルや椅子は取り払われている。少しでも多くの客を入れるためだし、どうせ客は総立ちになるからだ。

そのスペースが次第に埋まっていく。出演者でもスタッフでもない丸木が焦りを感じた。

それでもミサキはその場を動かない。

ああ、そうか。丸木は思った。ミサキはオズヌが来ることを信じているのだ。だからここを動かない。

そのとき、賀茂が言った。

「待たせた」

低いが不思議とよく透《とお》る声だった。

彼は一度目を閉じた。再び開目したときには、そこに別の光があった。

その遠くを見るような穏やかな眼差しをミサキに向けた。

「いざ、奏でん」

ミサキの表情がぱっと明るくなり、その顔にみるみる自信がみなぎる。

「行ってくる」

ミサキは、関係者席を離れると、そのまま観客で混み合うフロアを進んだ。人混みがさっと左右に分かれて道ができた。

ミサキはステージに駆け上がる。

ミュージシャンたちが慌てた様子で出てきた。

ミサキはステージ中央に立ち、目を閉じている。

スポットが当たる。

ドラムのフィルインから、ギター、ベース、ピアノが入ってくる。

ミサキの歌が響いた。

装丁　片岡忠彦

初出
「WEB きらら」　2023年5月号〜2023年9月号
「STORY BOX」　2023年11月号〜2024年5月号

今野 敏（こんの・びん）

一九五五年北海道生まれ。上智大学在学中の七八年に「怪物が街にやってくる」で第四回問題小説新人賞を受賞。二〇〇六年『隠蔽捜査』で第二十七回吉川英治文学新人賞、〇八年『果断 隠蔽捜査2』で第二十一回山本周五郎賞と第六十一回日本推理作家協会賞（長編および連作短編集部門）、一七年「隠蔽捜査」シリーズで第二回吉川英治文庫賞、二三年第二十七回日本ミステリー文学大賞を受賞。

編集 中村 傛

リミックス 神奈川県警少年捜査課

二〇二四年九月八日 初版第一刷発行

著者 今野 敏
発行者 庄野 樹
発行所 株式会社小学館
〒一〇一－八〇〇一 東京都千代田区一ツ橋二－三－一
編集 〇三－三二三〇－五九五九 販売 〇三－五二八一－三五五五
DTP 株式会社昭和ブライト
印刷所 大日本印刷株式会社
製本所 牧製本印刷株式会社

 ISBN 978-4-09-386734-4